“烽火连三月，家书抵万金。”在腥风血雨、风雨如磐的战争年代，家书诠释着革命先烈们坚贞的爱情、忠贞的友情、浓郁的亲情，更彰显了他们为中国人民谋幸福、为中华民族谋复兴的初心和使命。

红色家书

共产党员的初心

《红色家书·记忆》节目组◆编

山西出版传媒集团
山西教育出版社

《红色家书·记忆》节目组

总策划

刘英魁　李占鳌　罗庆东

主　编

张明德　刘旭斌　安国平　雨　馨

编　委

郭　韬　郭天印　乔　琰　李　平　刘媛媛

金汝平　赵　曦　张梓豪　李善德　高　倩

冯　磊　柴　郡　罗　鑫

初心·创新·融合

从2019年7月1日起，山西广播电视台所属山西综合广播在每晚22：00—22：30连续推出30期“不忘初心、牢记使命”主题教育系列节目《红色家书·记忆》。这组系列节目以高度的思想性、别致的切入点、艺术化表达以及精良的制作，充分体现“小成本、大情怀、正能量”的创作思路。节目一经播出就获得了广泛好评，成为一档难得的有思想、有温度、有品质的“爆款”，为用声音话语打造红色题材广播精品节目提供了一个范本。

一、初心不改：我们的队伍向太阳

1949年4月24日，解放战争史上历时最长、战斗最激烈、人民解放军付出代价最大的城市攻坚战——太原战役以人民的胜利告捷，早已集结在榆次南合流村的太原市军管会电台接管组的同志们冒着尚未散尽的硝烟，满怀兴奋和期待入城接管了国民党“山西广播电台”。经过紧张的抢修、调试，4月25日晚上21时50分，伴随着《渔光曲》，“太原新华广播电台”的呼号发出山西人民广播第一声。70载时光荏苒，山西广播电视台始终传承红色基因，传播党的声音，恪守为民情怀，一代代广电人用智慧、汗水、青春乃至生命写就对党的忠诚、对人民的深情、对事业的挚爱。红色基因决定红色气质，红色气质传播红色声音。作为第一批开展“不忘初心、牢记使命”主题教育的单位，山西广播电视台肩负着双重使命：一是作为全省主流媒体必须结合自身工作实际，在开展“不忘初心、牢记使命”主题教育中当先锋、做表率，将创新创优、打造精品作为主题教育成果转化的重点任务；二是作为全省新闻宣传的主平台、主阵地，承担着全省主题教育的宣传任务，结合庆祝建党98周年和新中国成立70周年，推出“不忘初心、牢记使命”主题教育系列节目就是其中的一项重大主题宣传任务。

诵读红色家书，牢记初心使命。在波澜壮阔的革命战争年代，无数仁人志士告别父母，远离亲人，走上对敌斗争第一线。在生与死、义与利的抉择关头，在走向刑场的壮烈时刻，在硝烟弥漫的战斗间隙，他们将自己的信仰和对亲人的思念付诸笔墨，写成一封封饱含激情、亲情与爱情的家书。这些红色家书，是最真实的党史读物、最生动的红色教材，也是先辈们留给后人无比珍贵的精神财富。山西综合广播组成《红色家书·记忆》节目组，经过认真调研和精心策划，从100多封家书中选出30封，邀请中央广播电视总台和山西省知名播音员、主持人以及各行业有突出贡献的30位读信人深情诵读；邀请6位文化学者、党史专家倾情解读书信背后的故事，以红色家书为小切口，传播和弘扬革命前辈的伟大精神。该节目不仅使采编播人员重温和铭记广电人的初心与使命，还用生动鲜活的历史事实直击受众心灵，让人们的精神得到升华，在全社会引起了广泛共鸣。

二、创新为要：求新永远在路上

对当代新闻工作者而言，创新是时代赋予的重大课题。《红色家书 · 记忆》作为一档主旋律广播节目，最大的难点在于如何将书信及其主人公背后的故事播讲得吸引人、感染人、激励人。书信具有极强的私密性，节目组选择红色家书这个角度来观照和解读共产党人的初心与使命，用小切口表现大主题，字里行间跃动着革命者信仰的力量，展现出他们独特的人格魅力与丰盈的精神世界。

《红色家书 · 记忆》在节目模式上力求创新，以音频为载体打造“声音艺术”，集阅读、朗诵、鉴赏和具有新时代特点的解读、评论于一体，用各种优质要素资源构建和成就一档广播精品节目。在节目播出过程中，节目组广发“英雄帖”，招募和吸引了众多听众报名读信，体现出“人民广播大家办”的开放互动理念。6 位受邀的“拆信”专家分别来自中共山西省委党史研究院、省内高校以及媒体、作协等，具有深厚的理论素养，对党史了解透彻，解读语言极具文学色彩，从而精彩还原家书背后的感人故事，带领听众走进战火纷飞的革命年代和沸腾火热的建设时期，感受红色故事背后无数革命先烈和前辈为中国人民谋幸福、为中华民族谋复兴的炽热浓烈的家国情怀和坚定不移的理想信念。

《红色家书 · 记忆》在策划之初，就按照精品的要求，以创新广播话语为载体，追求艺术化精彩表达，从录音、剪辑、配乐，到新媒体呈现的版式，细心打磨每一个环节。节目深刻挖掘出红色家书字里行间传达出的理想信念和家国情怀，情感浓烈，感人至深。节目在制作过程中注重雕琢细节，通过时间脉络、事件线索，将书信所表达的真挚感情和嘉宾解读有机结合，思路清晰，层次分明，手法细腻。如：诵读人民音乐家冼星海家书这一期节目，编辑在大量选取冼星海抗战时期创作的歌曲片段的基础上，特意将众人清唱的歌曲版本融入其中，这种无配器渲染的曲调与当时的时代背景、历史环境有机融合，真实感和现场感极强。在此背景下，朗读者的激情诵读和读信嘉宾的深情讲述相互契合，更让听众在辽远悠长的时空氛围中产生无限想象，使节目内涵更加丰富厚重，体验愈加铭心刻骨。

三、融合传播：用得好是真本事

当下，互联网技术已经引发传播领域的大变革，媒体格局、舆论生态、受众对象、传播技术都在发生着深刻变化。把握新格局下的传播规律，习近平总书记指出："读者在哪里，受众在哪里，宣传报道的触角就要伸向哪里，宣传思想工作的着力点和落脚点就要放在哪里。"《红色家书·记忆》节目从策划伊始就注重融合传播和移动优先，以追求传播效果最大化，每天节目在传统平台播出前都会通过山西综合广播微信公众号和省内外主流媒体"两微"、客户端等新媒体平台，抢先预告当天播出的节目内容。这些节目推文顺应融合传播规律，尽显新媒体表达方式，史料翔实，图片丰富，音频同步，亦可独立成篇，起到效益叠加的传播效果。

《红色家书 · 记忆》节目播出期间，正值全省开展第一批“不忘初心、牢记使命”主题教育之际，引发各方热切关注。许多单位负责人在看到推文后，第一时间与节目组联系，希望提供更为翔实的节目音频资料作为党课内容。中共山西省委组织部党员教育中心将《红色家书 · 记忆》节目列为全省党员培训教育的生动教材。“学习强国”山西学习平台、“黄河 +”客户端都在显著位置为《红色家书 · 记忆》设专栏推出，省内多个广播频率都复播了该节目。在此基础上，9 月 27 日，山西综合广播联合中共山西省委组织部、中共山西省委党史研究院录制的 24 集系列节目《山西革命烈士家书》也正式上线播出，中共中央组织部微信公众号“共产党员”、中共山西省委组织部微信公众号“山西组工”、“学习强国”学习平台、山西组工网、“史志山西”微信公众号、山西智慧党建手机客户端同步推送。两组系列节目都形成全方位、多平台、广覆盖的传播强势。

融合传播格局下，新媒体传播的大众性、互动性使传播方式发生根本转变，相对于纸媒和电视媒体，广播人在体验互动传播方面可谓颇有心得。20 世纪 90 年代初，现代通信技术被引入广播，广播借助一根电话线曾让听众和广播人体验双向传播和多向传播的强大魅力，并确立起“最亲民媒体”的地位。如今，互联网技术的加持更使得广播一改单一平台和线性传播的劣势，渠道传播和内容表达更加丰富和丰满。《红色家书 · 记忆》节目既通过发布召集令，诚邀非专业人士诵读家书，又开放各个互动平台，让听友、受众畅谈感受，直抒胸臆，在互动传播中追求传播效益的最大化。可以说，《红色家书·记忆》在多平台传播和与受众的互动中已成为“爆款”，形成了品牌效应。听友“夜光”说：这个节目太好了，（我）深深地被打动，感觉我们没有任何理由抱怨，应该珍惜今天来之不易的安稳幸福，应该继承先烈的精神！听友“会笑的眼睛”说：家书和解读给了我启迪，对革命先烈最好的回报就是在我们各自的岗位上做好自己的事情。听友“安琪”留言：红色家书是初心之书、信仰之书、奋斗之书，书信中流露着先驱们抛头颅、洒热血的初心气节，彰显着革命者坚守理想、坚定信念的不变信仰，铭刻着先烈们舍家为国、矢志不移的红色情怀。

感念一代代革命志士为我们留下的这笔弥足珍贵的精神遗产，感谢各位诵读者和解读者的倾情演绎和诠释，感谢山西教育出版社慧眼独具，第一时间与节目组联系商谈出版意向。相信这部同名书籍的出版，不仅能够为党员培训教育提供生动的教材，而且对传统媒体融合创新和丰富红色题材内容及表达也具有一定的样本意义。

山西广播电视台党委委员、副总编辑　罗庆东

目　录

寻我们将来永远的幸福

——张太雷写给妻子陆静华的一封信

（1921 年）

张太雷

广州起义是中国共产党领导的三大起义之一，对人民军队的创建做出了开创性的贡献——广州起义第一次在中国使用了“红军”的称号，并创建了中国第一个城市苏维埃政权。作为广州起义总指挥的张太雷，在生命的最后时刻书写了浓墨重彩的一笔。

张太雷，最早在中国传播马克思主义的先驱，中国最早的共产党员之一，与瞿秋白、恽代英一起被誉为“常州三杰”。张太雷 1898 年出生于江苏常州，1919 年参加革命，毕业于天津北洋大学法律系，1927 年在领导广州起义时牺牲。尽管他的一生如此短暂，但他为组建中国共产党做了大量的工作，是李大钊领导的中共早期组织北京共产党支部的重要成员；参加了一系列建党、建团的重要活动，是中国共产党和中国共产主义青年团（简称“中国共青团”）的创建者之一；推动了第一次国共合作、创建了人民军队；多次参与了中国共产党和共产国际的革命活动，是一系列重大历史事件的参与者。

【读家书】

读信人：杜佳梁

杜佳梁，山西广播电视台综合广播《山西新闻》《全省新闻联播》播音员，《今日微头条》主持人。

扫码听家书

1921 年初，张太雷在前往苏联学习前给妻子陆静华写了一封信，表达了自己探求学问的理想和心志，并劝导妻子也用功学习，成为一名独立女性。这封信是张太雷的亲属冒着生命危险保存下来的，有些残损。

家书原文：

我此次离家远游并没有什么□□，你们也不必对于我有所牵挂。我觉得现在我做事，总不能说可以长久，今天不知明天如何，这样心境不能安定，心境不安定是如何痛苦呵！我想最好能自己独立生活，不要人家能操纵我的生活，所以我立志要到外国去求一点高深学问，谋自己独立的生活。我先前本也有做官发财的心念，所以我想等明年去考高等文官考试，但我现在觉悟富贵是一种害人的东西。做了官，发了财，难保我的道德不坏。常常在官场中混，与那些不好的人在一起，嫖赌娶妾的事情或不能免。倘若是这样了，非特我的身体、道德要坏，恐怕家里要受莫大的苦处，你也看见多少做官发财的人们多嫖赌娶妾。倘若我做了官，发了财，我自己也不能保不替〔像〕他们一样做坏事。唯有求得高深的学问，既可以自己独立谋生，不要依靠他人，这样就用不着恐惧失去饭碗，心境自然也就安定，心境安定是寿长的最要紧的事，又可以保持我清洁的身体，高尚的道德；不至于像那些做官的发财人一样嫖赌娶妾做坏事。我觉悟着做官发财替〔与〕福气是完全相反背的；因为做官发财的总是嫖赌娶妾的。就是不嫖、不赌、不妾，他们的心境亦决不会安定的，因为做了知县想做知府，赚了二百块一月，又想三百，他们的欲望决〔绝〕不会满足，欲望多的人决不会长寿和安乐的。所以我说做官发财决〔绝〕不是福气。真正的福气是心广体胖；心广体胖一定要心中无所忧虑，要不嫖不赌不娶妾。但是一个人要心中无所忧虑，先须得生计独立，就是说做事不要靠人家引荐，要人家来请，即使人家不来请亦能有饭吃。这样，只有有了高深学问才能够。一个人有了钱要不嫖不赌不娶妾是一件很难的事，因为这种不是能够用人力禁止的，必须使他能有别种快乐之事去代替这种坏的快乐事体。求学问是一种最快乐的事。在有学问的人看，那嫖赌等多是痛苦而不是快乐，所以他们决〔绝〕不会去做那种事的。你看见多少真正读书的人（如你爹爹）多是这样。所以我决计外国去游学求一点学问，将来可以享真正的幸福。你也可以享真正的幸福，母亲也享真正幸福。但是我们现时不能不尝一点暂时离别的苦，去换那种幸福。你情愿不情愿？我想你是一个明白人，一定是情愿的，并且赞成的。

至于家中过日〈子〉的问题，我于前两次的信中已经说过了。凡遇有金钱紧急的时候，尽可写信与北京彰仪门大街通才商业学校吴炳文及吉林哈尔滨道里特别地方审判厅张照德。他们是我的好朋友，他们允许帮助我。荟甄四叔处已有两封信去了，母亲尽可向他要，因为这款虽然是他家给我们的，但是我们要知道铜钱是天下共有的，不必客气。就是要不着，我终设法使你们够用。因为这款只有现在可以借口问他要。家中用途不宜过省。每月用卅元却好。母亲年老亦应当吃好一点，穿好一点。你可劝母亲说不要过省。不然我在外如何安心呢？决计不要忧没有钱，吴南如等一定可以替你们想法子。如若再没有法子的时候，我也可以回来的，不过白走一趟罢了。

你可以趁这个时期中用一点功。你一定要进学堂的，所费亦不算多。你第一要选择你最善〔擅〕长的功课，学习了可以使你独立。我想你学刺绣及图画一定是好的。刺绣要学那新式的刺绣，如绣花卉人物山水之类。图画学了是最有乐趣的。再者图画与刺绣是有极大关系的。因为刺绣配颜色等一定要会图画的才会配得好。我想你于这两种课都是很善〔擅〕长的，并且很欢喜的。这两样东西很有用处，你学好了这两样，你很可以自立了；那时你是一个独立的女子了。比较那种女子只做男子的附属品，要荣耀得多呵。你可以寻先生学习这两种功课。我想常州女学堂里一定有好先生。你不要怕费钱。要钱你可以对吴南如、张照德写信要。我现在正找报馆里的通信员之事，倘若找着了又可以有每月四五十元的进款，所以你们决计不要愁钱。除掉学习刺绣图画之外，你还要学一点普通常识，尤其对于如何教育子女，是要研究的。历史地理理科，是你应当懂一点的，国文只要多读新的白话文，可以多看小说如《水浒》《西游记》《红楼梦》等等。还要多看杂志与报纸，如《妇女杂志》《小说月报》，常州局前街新群书社多有卖。同吴家大媳妇进学堂亦是很好，只不知那个学堂里刺绣图画好不好？你不要拿我的话忘记了，我希望我回来的时候，我学得很好，你也学得很好，那时我们多快活呵，那时我们应大家互相庆祝了。我希望能如此！

我们现在离开是暂时的，是要想谋将来永远幸福，所以你我不必以为是一件可忧的事。我们应该在这时期中大家努力做，寻我们将来永远的幸福，这是一件何等快乐的事呵。我并没有一点忧愁，因为我有这个目的在心中，我希望你也能有同样的心思，一点不忧愁，只用心照我告诉你的用功去。母亲是很能看得开的，你再拿我这一番话说与母亲听，他〔她〕老人家一定能不牵挂我的。你必要照我告诉你的做，我在外心才能安。我很感激你，我发誓我决不负你。你在家安心供养母亲，教育细苹，自己照我的话用功。

我一路有信给你，到俄国后我时常有信家来，不要忧愁。家里有什么要紧事可写信与吴南如、金宸等□□□□。

快要动身。恭祝母□□□□。

◎**注释：**

“□”为信件残缺的文字，“〔　〕”表示错别字修改，“〈　〉”表示补充内容。后同。

张太雷家书

【品初心】

拆信人：乔琰

乔琰，1991 年毕业于山西大学。曾任《山西商报》副总编辑。2016 年创办文化旅游类自媒体“老家山西”。主编有《寻找晋商家园》《一条路一座城》等图书。

张太雷是中国共产党最早的党员之一，1920 年参加了李大钊等人发起的北京共产党早期组织，先后参加过中国共产党第二次至第五次全国代表大会。张太雷也是中国社会主义青年团的创始人之一。中国社会主义青年团是中国共产主义青年团的前身，1922 年 5 月 5 日在广州召开了青年团的第一次全国代表大会，由张太雷主持会议并致开幕词。大会通过了由张太雷等人起草的团纲、团章和其他一些决议案。张太雷还是第一个被派到共产国际工作的中国共产党的使者，也是中国社会主义青年团最早派往青年共产国际的使者之一。当时，共产国际在苏联，很多国家的共产党都要向共产国际派驻代表。中国共产党最早派驻的代表就是张太雷。张太雷是广州起义的主要领导人，起义失败后壮烈牺牲。张太雷短暂的一生充满了传奇，坚持了共产主义信仰。

张太雷牺牲时年仅 29 岁，他用青春和热血实践了他的誓言，成为中国共产党历史上第一个牺牲在战斗一线的中央委员和政治局成员。遗憾的是，由于当时党内同志紧急撤退，没来得及将张太雷安葬，所以他的遗体去向成了无法破解之谜。新中国成立后，党和政府也曾多次调查、寻找，但都没有找到任何线索。

张太雷原本并不叫张太雷，原名为张曾让，之所以后来改名太雷，寓意要做惊醒世人、击碎旧世界的巨雷。他年少时就立下了“愿化作震碎旧世界惊雷”的誓言。

张太雷这封家书的原件现存于国家博物馆内。我们除了被他漂亮的书法所震撼外，还被他的文字所感动。当初他作为一个即将远赴莫斯科，去往苏联共产国际的人，临行前不能和家人说明自己要去做什么，但又想表达自己要去寻找真理的愿望。这封家书中充分表现了他欲言又止的矛盾心理，同时又把他对幸福和个人追求的理解告诉了家人。

1921 年初，张太雷被派往共产国际书记处工作，由于时间紧迫，来不及和家人告别，于是就写了一封 2000 多字的家信，寄给了他的妻子陆静华。他把对母亲和妻子的思念之情、对革命的抱负以及今后的期望，通过这封信全部倾诉出来。张太雷是个特别孝顺的儿子。当时母亲独居，为了照料好母亲，张太雷和陆静华结了婚。陆静华出身贫苦人家，父母早逝，为人特别厚道。两人结合以后，陆静华就担负起照料婆婆的重担。张太雷常年在外，陆静华就一直在家和婆婆相依为命。张太雷只有寒暑假才能回家与亲人团聚，所以他与妻子两人彼此都很牵挂。

不是升官发财才能幸福

我们要理解这封信，应抓住信中的关键点。张太雷在信中说："我先前本也有做官发财的心念，所以我想等明年去考高等文官考试，但我现在觉悟富贵是一种害人的东西。做了官，发了财，难保我的道德不坏……唯有求得高深的学问，既可以自己独立谋生，不要依靠他人，这样就用不着恐惧失去饭碗，心境自然也就安定，心境安定是寿长的最要紧的事，又可以保持我清洁的身体，高尚的道德。"这是张太雷在信中表达的一个核心理念——树立什么样的幸福观、道德观。在那个年代，人们外出读书可能就是为了升官发财。张太雷在信中告诉他的妻子，他原来也确实有过这种念头，但是升官发财未必能成就一个人的一生，而且很多升官发财的人都学坏了。这一点张太雷在信中娓娓道来，他没有用高深的词汇，而是用朴素的语言告诉妻子，他是要求得高深的学问以保持他清洁的身体和高尚的道德。这也充分表达了一个年轻人对幸福的理解：不是升官发财才能幸福。

从张太雷的这封家书中，我们应该学习共产党人对幸福的理解，即他们的幸福观。张太雷没有说大话、讲空话，他用普通人实实在在的奋斗和实践，用朴实的语言告诉妻子他对幸福的理解。

习近平总书记曾在多个场合强调，幸福都是奋斗出来的。奋斗本身就是一种幸福，如何把奋斗的幸福观传递给他人，张太雷做到了。

德才兼备的共产主义战士

中国共产党在建党之初，团结和凝聚了一大批有理想、有抱负、有志向的青年人，他们德才兼备，知行合一。在张太雷的这封家书中，我们不仅读到了他对幸福的理解，而且看到了他的才华，他的书法相当好。可以说，张太雷是一个年轻的德才兼备的无产阶级革命家。

张太雷曾在共产国际第三次代表大会上做过一次演讲。那次演讲让全世界的共产党员看到了中国共产党崭新的富有朝气的形象。

1921 年 6 月 22 日至 7 月 12 日，共产国际第三次代表大会在莫斯科召开，张太雷和杨好德作为中国共产党的代表出席了此次会议。瞿秋白以记者的身份列席会议。按原计划，张太雷将在大会上代表中国共产党做演讲。要知道这是中国共产党的代表第一次走上国际讲台，第一次向全世界发布宣言，意义十分重大。为此，张太雷等人在会前做了充分准备，撰写了一份约 15000 字的报告来论述中国革命的地位、目的，并求得共产国际的帮助。但是由于演讲的人太多，大会执行主席宣布，每位代表发言不得超过五分钟。这突如其来的变化，打乱了张太雷的计划。怎么办？张太雷不慌不忙，拿出了初生牛犊不怕虎的精神，在五分钟之内重新梳理了思路，把精心准备的讲稿全部推掉，上台以后侃侃而谈，博得了满堂喝彩，达到了寻求国际支持的目的。

一个年轻人在台上激情澎湃地演讲，得到了大会的肯定，并使得中国革命得到了共产国际的帮助，这是张太雷一生中亮丽的一笔。

家人是坚实的后盾

张太雷和陆静华的结合在当时属于包办婚姻。张太雷牺牲后，陆静华承担起了家庭的重任，抚养三个孩子长大成人。三个孩子个个出类拔萃：大女儿放弃了自己向往的革命的机会，挑起了家庭的重担，留在家里帮助母亲照顾奶奶；二女儿在上海从事地下党的工作；儿子张一阳参加了新四军，18 岁时在皖南事变中被俘，后壮烈牺牲。

陆静华任劳任怨，相夫教子，照顾公婆，中国劳动妇女最优秀的品质在她身上集中体现。陆静华因父母早逝，没有得到父母更多的关爱，她嫁给张太雷后，把婆婆当作母亲来伺候，这是她难能可贵的一面。还有一点，张太雷虽很少回家，但是其对家庭的影响无时无刻不在。我们从这封家书中可以看到，张太雷在外干什么，他的妻儿们心里都很清楚。张太雷对幸福、对人生的追求，都通过书信传递给了孩子们。而且，陆静华在教育孩子这一点上一刻也没有放松，对孩子们的要求十分严格，希望他们向父亲学习，发扬艰苦奋斗的作风。陆静华虽看不懂信中的文字，但她对丈夫的支持以及对大义的明了，已经冲破了知识对她的限制。

在那个年代，许多革命人士不知道自己何时会倒下。作为他们的妻子，一方面牵挂着丈夫的安危，另一方面又被丈夫的革命精神所感染。张太雷的这封家书，没有对妻子的理论说教，也没有说明自己在从事何种工作。但作为妻子，她能从字里行间感觉到丈夫在从事着某种高尚的工作，感受到他对自己的牵挂，这种牵挂是夫妻二人相濡以沫的默契。家人没有成为张太雷的牵绊，而是成为他坚实的后盾和前行的力量。

兢兢业业以图成功于万一耳

——向警予写给亲人的信

（1923 年）

向警予

溆水河畔，松柏青翠，夕阳的余晖洒落在向警予故居的白墙青瓦上，宁静，肃穆。与之相邻的向警予铜像纪念碑广场，每天来此参观的游客络绎不绝。一代妇女领袖向警予的革命英雄事迹，在湖南怀化溆浦县大地上远播四方。

向警予，原名向俊贤，1895 年 9 月出身于溆浦县城一个殷实的商人家庭。1912 年，她以优异的成绩考入湖南省立第一女子师范学校，两年后转入周南女校，并改名为向警予，以表达她对封建势力的高度警惕和反抗。向警予在这里因与蔡畅的同学关系而结识了蔡和森、毛泽东。

1916 年夏，向警予从周南女校毕业后，创办了男女合校的溆浦小学堂，以“自治心、公共心”为校训，重视新思想的传播，尊重学生个性，反对“驰骤之若牛马”的奴化教育。

1918 年 4 月，毛泽东、蔡和森等在湖南发起成立新民学会，以“革新学识、砥砺品行”为宗旨。向警予得到消息后，也想出去干一番“真事业”。于是，她来到北京，拜访当时的北京大学校长蔡元培先生，并参加了毛泽东、蔡和森等创办的革命团体新民学会。同年 10 月，向警予和蔡畅等组织了湖南女子留法勤工俭学会，成为湖南女界勤工俭学运动的首创者。12 月，向警予、蔡和森等 30 余人远涉重洋，赴法国勤工俭学。在那里，她发奋学习马克思主义著作，积极参加工人运动，进一步坚定了共产主义信念。共同的理想和信念，使向警予、蔡和森产生了爱情的火花，1920 年二人在法国蒙达尼举行了婚礼。

1922 年初，27 岁的向警予回国后正式办理了入党手续，开始领导中国的无产阶级妇女运动。后来她还担任中共中央妇女部主任，并被增选为第四届中央委员和中央局委员。

1928 年 3 月 20 日，留在武汉组织并参加地下斗争的向警予不幸被捕。敌人三番五次对她进行审讯和毒打，但她坚贞不屈，对党的秘密一字不供，表现了共产党人的崇高气节和优秀品质。同年 5 月 1 日，33 岁的向警予在去刑场的路上高唱《国际歌》

并呼喊口号，敌人慌忙向她嘴里塞石头，并用皮带勒住她的双颊。这一壮烈情景，使聚集在路边的许多群众落泪。噩耗传来，蔡和森愤然写下纪念文章《我的妻》。他动情地写道：“伟大的警予，英勇的警予，你没有死，你永远没有死！”

【读家书】

读信人：肖晓

肖晓，山西广播电视台综合广播播录部主任，《山西新闻》《全省新闻联播》主播，中国曲艺家协会会员。

扫码听家书

1922 年，借着去南方联系工作的机会，向警予顺道回了一趟老家湖南溆浦。家人十分期待她能在家中多住些日子，但是革命重任在肩，向警予在家中住了两个多月就匆匆踏上了赴上海的归途。经过长沙时，向警予得知二哥病逝的噩耗，在痛苦难受之余，于同一天分别给父母、六哥、大嫂、二嫂写了一封家书，劝慰因二哥病逝而悲痛不已的亲人们。

家书原文（节选）：

慈爱的两亲：

儿于昨薄暮时节才到长沙，一直向长治路五哥那里去。二哥的噩音，已由瑞堂说着我听了！儿起程的时候他已是不可救治的现象，然不料他辞世竟在我动身后之三日！儿此次远行，在常人眼光看来本属不近人情，盖居家未满三月，又值二哥性命危笃之际，诸侄尚未会面，妮妮见而即点头跳跃，欢喜不已。唉！我这样匆匆究竟为什么？造真学问储真能力，还不是对国家对两亲对兄弟对自身的唯一光明、唯一希望吗？我为这唯一光明、唯一希望而不孝不友之事竟躬犯之，如无所建白，扪心何以自安?！愿我慈爱之两亲对儿多加训迪，儿亦当格外奋发，兢兢业业以图成功于万一耳……

儿书此函，有一耿耿在念之事萦注于两亲之身。父亲年迈八十，母亲体弱多病，此度二哥之变两亲如不达观，恐于身体健康更重儿辈不孝之罪，二哥地下有知，恐亦不安于心。儿尤念念不忘，为我八十之老亲。盖吾父年来一经忧患，即至咯血。此系危症，老人罹此，更觉难支，务求勉强达观，珍重万钧，是所至祷。儿在外，当勤通书信，不使老人悬念。儿自己身体亦当格外保养，决〔绝〕不敢因循敷衍，遗两亲忧。我慈爱之两亲，儿决不虚言以取两亲一时之欢也。

九儿

一九二三年一月六日

【品初心】

拆信人：刘媛媛

刘媛媛，太原学院教授，山西省女作家协会副秘书长，研究方向为中国现当代文学。出版专著两部，发表论文多篇。

向警予是中国共产党创始人及早期的领导人之一，而且是中国共产党唯一的女创始人，是中国共产党的第一位妇女部长。

上面的这封信是向警予写给她父母的。向警予兄弟姐妹共十人，她排行第九，乳名“九九”，因此在家书中，她自称“九儿”。当时，向警予听闻二哥病逝的噩耗，便写信给父母，表达了对父母的愧疚：她本想多陪陪父母，但是因为革命工作的需要，没住够三个月就离开了。离开后不久，父母便经历了丧子之痛，她因没能陪在父母身边，所以感到非常愧疚。

在这封信中我们能看到向警予对父母的眷恋，但因她一心想着革命事业，为信仰而奋斗，所以舍弃了跟家人的团聚。在这封信中我们既看到了一名革命者的儿女情长，又看到了她坚定的信念、抱负以及她为之奋斗的决心。

“儿此次远行，在常人眼光看来本属不近人情，盖居家未满三月，又值二哥性命危笃之际，诸侄尚未会面，妮妮见而即点头跳跃，欢喜不已。唉！我这样匆匆究竟为什么？造真学问储真能力，还不是对国家对两亲对兄弟对自身的唯一光明、唯一希望吗？我为这唯一光明、唯一希望而不孝不友之事竟躬犯之，如无所建白，扪心何以自安?!”

“妮妮”是向警予的孩子。她和蔡和森结婚以后生了一个儿子和一个女儿，都寄养在她父母家中。孩子见了她非常高兴，但是无论是年迈的父母，还是幼小的孩子，都没能留住她。其

1927 年，向警予路经长沙时与家人的合影

实，她的内心充满了对家人的眷恋，但是她又不能辜负自己内心的追求，为“唯一光明、唯一希望”，她要把在亲情上的牺牲变成更大的动力来继续她所追求的事业。

所以，从这封信中我们能体会到向警予作为一名女性所特有的那种细腻而丰富的情感。

文武双全的奇女子

向警予原名向俊贤，她给自己起名“警予”就是希望能时时刻刻警示自己，“予”就是“我”的意思。向警予非常聪明、能干，是一个文武双全的奇女子，而且长得还非常漂亮。向警予在湖南常德女子速成师范学校求学时，和丁玲的母亲余曼贞是同学。余曼贞在她丈夫去世以后带着两个孩子——丁玲和丁玲的弟弟，逃出了封建大家庭。虽然这个大家庭能够让她们衣食无忧，但是却让她们失去了许多自由。余曼贞也是一个具有独立精神和人格追求的新女性，所以她带着两个孩子逃脱了封建大家庭的束缚，来到了常德女子速成师范学校，和向警予成了同班同学。

后来据余曼贞回忆，向警予在学校里无论是学问还是道德都可为学校之冠，而且在学校的运动会上，许多比赛项目向警予都能拿第一，可谓文武双全。向警予从小就表现出了优于常人的才能，文能赋诗作文，武则各种运动表现出色，所以大家对她寄予了很高的期望，觉得她一定会是一个很有作为的女子。在大家的鼓励下，向警予对自己也抱有很大的期望，树立了坚定的信念：一生一定要做大事。她在法国时，曾给父亲寄过一张明信片，上面是这么写的："我的爹爹呀，不要愁，你的九儿在这里，努力做人，努力向上，总要不辱你老这块肉与这滴血，而且这块肉、这滴血还要在世界上放一个特别光明。"

提倡教育救国

向警予小时候生活的年代，正值清政府内忧外患的时候，古老的中国被帝国主义欺凌。那时，救国思想在热血青年的头脑中滋生、扎根。向警予的父亲是湖南溆浦县鼎盛昌商号的经理，思想开明，对孩子的教育也很重视。向警予的几个兄弟姊妹也十分友爱团结，经常在一起交流思想，学习历史。

1911 年，16 岁的向警予已然出落成一个亭亭玉立的少女，浑身上下洋溢着青春的朝气。和一般女孩子不同，她不爱脂粉、不着艳装，常常一个人坐在屋里，一边读书一边思索。慢慢地，这个生长在溆水河畔的少女视野宽广了，她要感受社会的脉搏，她要走出去干更重要的事。

向警予从法国回来以后即投身教育，希望通过教育，用"教育救国"的思想做点力所能及的事情。她想通过教育来改变国家的命运，于是在回到家乡以后，创办了学校，提倡女子教育、男女平等等。但是，后来她发现通过教育改变国家的命运不是最好的办法，所以她开始信仰马克思主义，走上了革命的道路。

“向蔡同盟”的爱情佳话

向警予是我国妇女运动的先驱，她的女权主义思想为我国的妇女解放运动提供了理论指导。她提倡女孩子不要缠足，要学文化；提倡婚姻自由，而且她自己就是自由恋爱并和蔡和森结为夫妻。当时，她和蔡和森等一起去法国勤工俭学，在漫长的旅途中，两人互生爱慕之情。到了法国后，二人便结了婚，按现在的说法叫“闪婚”。这在当时可以说是特立独行的。

向警予、蔡和森在法国时的合影

当时，向警予是和蔡和森一家一起去的法国，包括蔡和森的母亲葛女士和妹妹蔡畅。蔡畅也是中国共产党早期的革命家，后来成为一名优秀的领导者。向警予和蔡畅是好朋友，她通过蔡畅认识了蔡畅的哥哥蔡和森。

他们结婚时，拍摄了一张照片：两人并肩而坐，共同捧着一本翻开的《资本论》。这表明他们的结合不仅是男女之间爱情的同盟，更是革命理想事业的同盟。婚礼上，二人还将恋爱过程中互赠的诗作编印成的书《向上同盟》，分赠给大家。后来，人们把他们的结合称为“向蔡同盟”。

为了革命，不怕牺牲

向警予从小就追求新知，梦想自己会成为一个花木兰式的人物。这可能得益于她的几个早年曾在日本留学的兄长对她的影响，所以她比较早地接受了一些开明的思想。

向警予生活的年代，正是社会大变革时期。当时，辛亥革命推翻了封建帝制，社会风起云涌。一批高瞻远瞩、顺应时代潮流、有胸襟和气魄的人涌现了出来。向警予无疑受到周围这些人的影响，才有机会接受教育，开阔眼界。

向警予在法国勤工俭学时还认识了毛泽东等人。蔡和森和毛泽东是好朋友，他们都是湖南人。在当时，像毛泽东、蔡和森、向警予等一批有识之士，致力于改变中国社会，他们不为个人名利，不为荣华富贵，胸怀天下、忧国忧民。这其中向警予表现得尤其突出，她常常因谈论国事至激动之处而痛哭流涕。

她的这种表现，对于生长在和平年代的人来说，不太好理解，或者说难以感同身受。但是，那个时代的很多年轻人的确是为了改变这个民族、这个国家的命运而抛头颅、洒热血，前赴后继，把自己的生命奉献给了革命事业。

1928 年 3 月 20 日拂晓，由于叛徒的出卖，向警予被捕。她在监狱中仍坚持向难友们宣传革命，介绍马克思主义，讲农村运动，唱革命歌曲。每次受刑回来，难友们看到她血肉模糊的身体都难过得哭了，可她仍然鼓励大家要斗争到底。在监狱里，这位坚强不屈的母亲也会有牵肠挂肚的时候，也会想起她的两个孩子。她在给孩子们写的儿歌中说："希望你们像小鸟一样，在自由的天空飞翔，在没有剥削的社会成长！"

就刀山敢上，火海敢闯

——夏明翰致亲人的信

（1928 年）

夏明翰与妻子郑家钧

“砍头不要紧，只要主义真。杀了夏明翰，还有后来人！”这是中国共产党党员夏明翰在被国民党反动派杀害前写下的一首气壮山河的《就义诗》，一直被人们所传诵。

夏明翰是湖南省衡阳县人。他的母亲陈云凤出身衡山县名门，不仅知书达理，而且思想开明，反对强迫家中儿女死读“四书”“五经”。陈云凤经常给孩子们讲维新变法、国民革命中先进人士的故事，潜移默化地影响了孩子们的价值取向和政治立场。

1921 年冬，经毛泽东、何叔衡介绍，夏明翰加入了中国共产党。1924 年，夏明翰担任中共湖南省委委员，先后兼任组织部部长、农民部部长和长沙地委书记。1928 年初，夏明翰被中共中央派往湖北省委工作。3 月 18 日，因叛徒出卖，夏明翰不幸被捕。被捕后，敌人想尽办法劝降他，用妻子、孩子、票子、官位等进行威逼和诱惑。他大义凛然地说：“为共产主义事业奋斗终生，我已不是三思而行，而是一直意志坚定。共产党人爱国家，爱民族，爱劳苦大众，当然也爱自己的亲人，爱妻子儿女。但是，为了拯救百姓于水火，为振兴民族之强盛，为后代生活之美满，我们随时准备牺牲自己的生命，这就是共产党人的大仁大义。”

1928 年 3 月 20 日凌晨，夏明翰被押至国民党设在汉口的余记里刑场。敌人问他：“还有什么话要说?”夏明翰大声说：“有！给我纸笔!”在生命的最后一刻，他挥笔写下了：“砍头不要紧，只要主义真。杀了夏明翰，还有后来人。”

【读家书】

读信人：磊明

磊明，本名牛慧平，山西广播电视台主任播音员、山西省朗诵艺术协会副会长、“全民悦读”最美声音全国朗诵公益大使、“磊明之声”朗诵艺术团团长。

扫码听家书

夏明翰一入狱就做好了牺牲的准备，他提前写好了三封家信，分别是给妻子、母亲和姐姐的。这三封家信是夏明翰在生命尽头与亲人的诀别，每一封都像他自己说的那样，没有忧愁，没有眼泪，没有私心杂念。信中饱含他对亲情的倾诉、对亲人的不舍，传递着他希望家人及后人为革命真理和共产主义事业继续奋斗的心愿。

家书原文：

亲爱的妈妈：

你用慈母的心抚育了我的童年，你用优秀古典诗词开拓了我的心田。爷爷骂我、关我，反动派又将我百般折磨。亲爱的妈妈，你和他们从来是格格不入的。你只教儿为民除害、为国除奸。在我和弟弟妹妹投身革命的关键时刻，你给了我们精神上的关心、物质上的支持。亲爱的妈妈，别难过，别呜咽，别让子规口〔啼〕血蒙了眼，别用泪水送儿别人间。儿女不见妈妈两鬓白，但相信你会看到我们举过的红旗飘扬在祖国的蓝天！

亲爱的夫人钧：

同志们曾说世上唯有家钧好，今日里才觉你是巾帼贤。我一生无愁无泪无私念，你切莫悲悲凄凄泪涟涟。张眼望，这人世，几家夫妻偕老有百年。抛头颅、洒热血，明翰早已视等闲。“各取所需”终有日，革命事业代代传。红珠①留着相思念，赤云②孤苦望成全，坚持革命继吾志，誓将真理传人寰！

大姐为我坐监牢，外甥为我受株连，我们没有罪，我们要斗争，人该怎么做，路该怎么走，要有正确的答案。我一生无遗憾，认定了共产主义这个为人类翻身解放造幸福的真理，就刀山敢上，火海敢闯，甘愿抛头颅，洒热血。

夏明翰

一九二八年三月，汉口狱中

◎注释：

①红珠：夏明翰曾赠予郑家钧一颗红珠，以寄相思。

②赤云：夏明翰的女儿夏赤云，当时还不足六个月大。

【品初心】

拆信人：刘媛媛

刘媛媛，太原学院教授，山西省女作家协会副秘书长，研究方向为中国现当代文学。出版专著两部，发表论文多篇。

说起夏明翰，大家都不陌生，因为我们在小学时就学过他写的一首《就义诗》："砍头不要紧，只要主义真。杀了夏明翰，还有后来人。"

自古英雄出少年

自古英雄出少年！说起夏明翰，总有人能和另外一个姓夏的小英雄联系起来，他便是夏完淳。夏完淳是反清复明的英雄，他的那首《别云间》也相当有名："三年羁旅客，今日又南冠。无限河山泪，谁言天地宽！已知泉路近，欲别故乡难。毅魄归来日，灵旗空际看。"两位少年英雄，虽然在时间上相隔甚久，但他们的英雄气概是相通的。

说起夏明翰，还让人想到陈毅的《梅岭三章》："此去泉台招旧部，旌旗十万斩阎罗。"这是何等宏大的气魄！

"此去泉台招旧部"，纵是死了我也要到阴间把我的部下召集来；"旌旗十万斩阎罗"，即便到了另外一个世界，我也要召集人马和统治者决战。这种英雄气魄让人不由激动。很多革命烈士英勇就义时都非常年轻，让人痛心的同时，也让人肃然起敬。他们年纪轻轻，便心存家国天下，胸怀抱负信仰，为我们当代青年树立了榜样。

选择了革命道路

夏明翰出身于豪绅家庭，家庭条件非常好。他的祖父夏时济是晚清进士，官至二品。母亲陈云凤是民国国会参议员的女儿。作为一个大家族中的少爷，夏明翰完全不需要去参加连穷苦百姓都觉得异常艰辛的革命。他的这个选择，让和平年代的很多人看来都觉得不可思议，没办法理解他为什么要抛弃优越的生活环境，不走顺畅的人生道路，而选择了一条满是荆棘的道路。然而，在当时和夏明翰类似的人有一大批。

在早期的革命者当中，很多人的家庭条件都非常好，他们为了革命理想不惜与家人决裂，比如左联五烈士。左联五烈士是指被国民党杀害的五位左翼革命作家，其中有一位很有名的诗人叫殷夫，他有一首非常著名的诗叫《别了，哥哥》，是写给他的哥哥的。殷夫的哥哥当时是一名政府官员。诗中殷夫明确表明：虽然我们是亲兄弟，但是我们的阶级不同，只能将兄弟深情埋藏，“此后各走前途，再见的机会是在，当我们和你隶属着的阶级交了战火”。殷夫的家庭也是官绅之家，他的两个哥哥都是国民党的要员。就是这样一批仁人志士，他们为了革命事业抛弃了自己原本所属的阶级，抛弃了本来可以拥有的高官厚禄和锦绣前程。如同殷夫在诗中所写：“只要我，答应一声说，‘我进去听指示的圈套’，我很容易能够获得一切，从名号直至纸帽。”但他们坚定地对高官厚禄和锦绣前程说“不”，选择了一条充满血雨腥风的路。他们中的许多人甚至没有等到革命胜利的那一天，没有看到他们为之奋斗的理想和信念实现的那一天，但是他们坚信这一天一定会到来。就是这样的一群人，怀着坚定的革命理想和信念，以及对这个国家、这个民族未来无限的期望走向了生命的终点。

今天，我们重读他们留下的这些文字，内心依然能够感受到他们的热血沸腾。这样的文字，这样的人生，是我们在和平年代所难以体会和感受的。虽然我们与他们相隔近一个世纪，但是他们的文字依旧能直抵我们的心灵深处打动我们，依然能让我们领略到他们精彩的人生。

杀了夏明翰，还有后来人

“砍头不要紧，只要主义真。杀了夏明翰，还有后来人。”

夏家一门，正如夏明翰说的那样：杀了夏明翰，还有后来人！他的五弟夏明震在领导湘南起义后不幸被捕，在郴州英勇就义，年仅 21 岁；他的七弟夏明霹在衡北从事地下游击斗争时落入敌手，在衡阳惨遭杀害，就义时还不到 20 岁；他的四妹，中共湘南特委委员夏明衡，在长沙被国民党反动派追捕，牺牲时年仅 26 岁；他的外甥邬依庄在红军某部执行战斗任务中英勇牺牲，年仅 19 岁。可以说，夏家满门英烈。夏明翰和他的弟弟、妹妹，还有他的外甥，被后人称为“夏门五烈士”。

夏明翰牺牲后，他的妻子郑家钧含辛茹苦，把他们唯一的女儿抚养成人。新中国成立后，夏明翰当年的战友谢觉哉、李维汉等曾到长沙看望郑家钧，希望接她去北京生活，却被她坚决地谢绝了，她说自己能养活自己，不要国家多费心。

夏明翰写给母亲、夫人、姐姐的家书都很短，其中儿女情长的话不多，更多的是一个革命者的刚毅和果断，但又不乏深情："亲爱的妈妈，别难过，别呜咽，别让子规口〔啼〕血蒙了眼，别用泪水送儿别人间。儿女不见妈妈两鬓白，但相信你会看到我们举过的红旗飘扬在祖国的蓝天！"

读到这里，让人忍不住要落下泪来。一个革命者在即将要赴刑场之时，有的不仅仅是豪言壮语，更有内心诚挚情感的表露。诗人萧三回忆起夏明翰，曾说："夏明翰同志党性很纯洁，没有一点花招，扎扎实实，不说假话。要说他的性格、脾气，四句诗完全可以代表，是真心话，没有做作，很难得的就是他这言行一致。"

我们常说母亲会影响一个孩子，影响一个家庭，甚至影响一个家族。夏明翰 14 岁时父亲便去世了，思想开明的母亲主张儿子接受新式教育，所以幼年时期的夏明翰就养成了勇于探寻真理、敢于承担责任的精神和品质。正是有这样伟大的母亲，才有了被后人称颂的"夏门五烈士"。

夏明翰与妻子郑家钧的婚姻是一段佳话，当时毛泽东亲自为他们做媒。可惜的是，美好的婚姻非常短暂，结婚不到两年，夏明翰便英勇就义。但正因为短暂，才显得格外珍贵。夏明翰在写给夫人的家书中，虽然儿女情长的话不多，但是字里行间深情流露："同志们曾说世上唯有家钧好，今日里才觉你是巾帼贤。”郑家钧很贤惠，大家都说好。当年的战友曾写下“世上唯有家钧好，天下谁比明翰强”的对联赠给他们作为新婚礼物。“红珠留着相思念，赤云孤苦望成全”，赤云是他们的女儿，当时刚出生不久。夏明翰写完给妻子的家书后，为了表达对她的强烈思念，用嘴唇和着鲜血，在信纸上留下了一个深深的吻。

“大姐为我坐监牢，外甥为我受株连”，夏家烈士放弃了富足的生活，为了国家的进步和人民的幸福，不怕牺牲、甘于奉献。夏明翰在给大姐的家书中写道：“路该怎么走，要有正确的答案。我一生无遗憾，认定了共产主义这个为人类翻身解放造幸福的真理，就刀山敢上，火海敢闯，甘愿抛头颅，洒热血。”这段话代表了那个时代和夏明翰一样的志士仁人共同的心声。这是他们发自内心的信仰，是为中国人民谋幸福、为中华民族谋复兴的初心和使命。正是在这种理想和信念的支撑下，他们的生命从个人的利益中升华出来，变得更加高尚、更加伟大。

大丈夫不成功便成仁

——陈觉与赵云霄的遗书

（1928 年、1929 年）

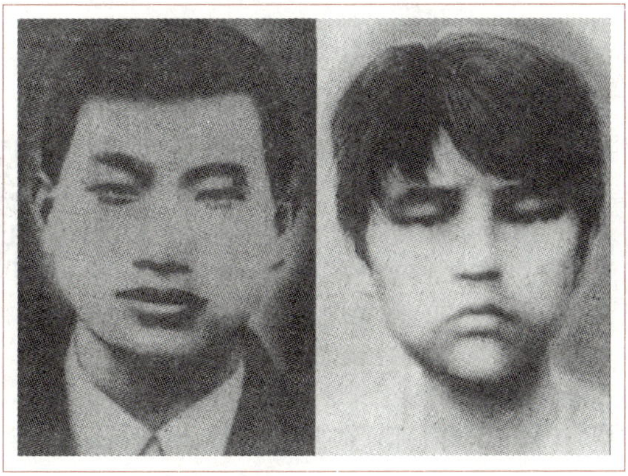

革命伉俪陈觉、赵云霄

在中国人民革命军事博物馆的一个展柜里，并排陈列着两封催人泪下的遗书。一封是丈夫就义前写给妻子的诀别信，另一封是母亲留给尚在襁褓中的女儿的遗书。它们的主人公是一对年轻的夫妇，伟大的革命烈士陈觉和赵云霄。

陈觉，原名陈炳祥，1903 年出生于湖南，1925 年加入中国共产党。赵云霄，又名赵凤培，1906 年出生于河北，1925 年加入中国共产党。陈觉和赵云霄于 1925 年冬进入莫斯科中山大学学习，在此期间结为夫妻；1927 年学成后，一同回国投身革命。1927 年 9 月，赵云霄同陈觉到湖南醴陵参加了秋收起义。不久，他们被调回湖南省委机关，组建湘南特委。1928 年 4 月，由于叛徒告密，陈觉和赵云霄被敌人逮捕。敌人对他们多次审讯，但他们宁死不屈，表现出了共产党人的高尚气节。

【读家书】

读信人：郭韬

郭韬，山西广播电视台综合广播主持人、配音员。山西省朗诵艺术协会理事，“全民悦读”全国声音公益大使。多次获省部级、国家级奖项。

扫码听家书

1928 年 10 月 10 日，陈觉给妻子赵云霄留下饱含思念和不舍的诀别信后，从容赴死。赵云霄因怀有身孕，刑期推迟。

家书原文：

云霄我的爱妻：

这是我给你的最后的信了，我即日便要处死了，你已有身〈孕〉，不可因我死而过于悲伤。他日无论生男或生女，我的父母会来抚养他的。我的作品以及我的衣物，你可以选择一些给他留作纪念。

你也迟早不免于死，我已请求父亲把我俩合葬。以前我们都不相信有鬼，现在则唯愿有鬼。“在天愿为比翼鸟，在地愿为并蒂莲，夫妻恩爱永，世世缔良缘。”回忆我俩在苏联求学时，互相切磋，互相勉励，课余时间闲谈琐事，共话桑麻，假期中或滑冰或避暑，或旅行或游历，形影相随。及去年返国后，你路过家门而不入，与我一路南下，共同工作。你在事业上、学业上所给我的帮助，是比任何教师任何同志都要大的，尤其是前年我病本已病入膏肓，自度必为异国之鬼，而幸得你的殷勤看护，日夜不离，始得转危为安。那时若死，可说是轻于鸿毛，如今之死，则重于泰山了。

前日父亲来看我时还在设法营救我们，其诚是可感的，但我们宁愿玉碎却不愿瓦全。父母为我费了多少苦心才使我们成人，尤其是我那慈爱的母亲，我当年是瞒了他〔她〕出国的。我的妹妹时常写信告诉我，母亲天天为了惦念她的在异国的爱儿而流泪，我现在也懊悔此次在家乡工作时竟不去见他〔她〕老人家一面，到如今已是死生永别了。前日父亲来时我还活着，而他日来时只能看到他的爱儿的尸体了。我想起了我死后父母的悲伤，我也不觉流泪了。云！谁无父母，谁无儿女，谁无情人！我们正是为了救助全中国人民的父母和妻儿，所以牺牲了自己的一切。我们虽然是死了，但我们的遗志自有未死的同志来完成。大丈夫不成功便成仁，死又何憾！

此祝健康，并问王同志好！

觉　手书

一九二八．一〇．一〇

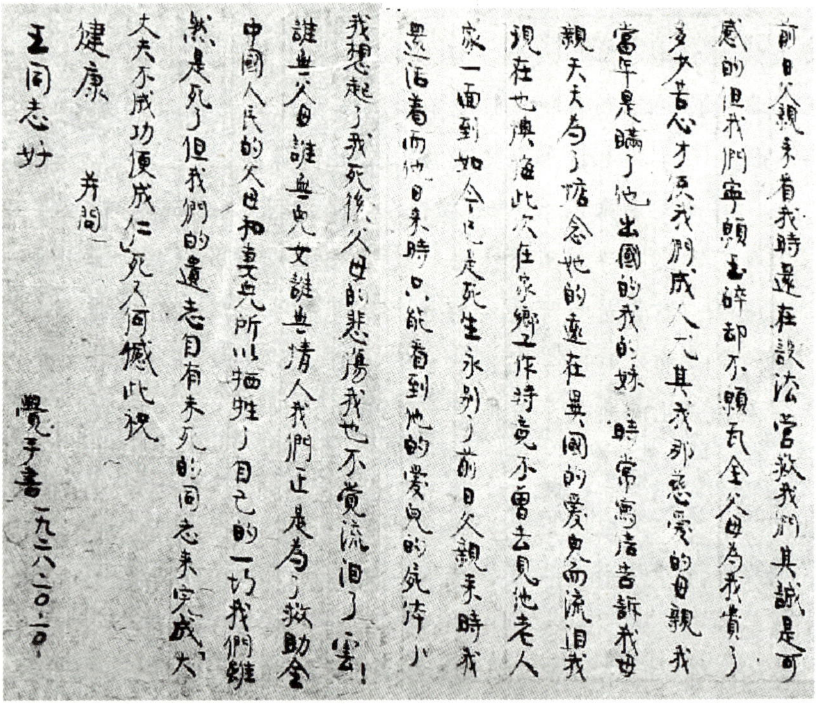

前日父親來看我時還在設法營救我們其誠是可
感的但我們寧願玉碎却不願瓦全父母為我費了
多少苦心才使我們成人尤其我那慈愛的母親我
當年是瞞了他出國的我的妹妹時常寫信告訴我母
親天天為了惦念她的遠在異國的愛兒而流泪我
現在也懊悔此次在家鄉工作時竟不曾去見她老人
家一面到如今已是死生永別了前日父親來時我
還活着而他日來時只能看到他的愛兒的屍体了
我想起了我死後父母的悲傷我也不覺流泪了雲！
誰無父母誰無兒女誰無情人我們正是為了救助全
中國人民的父母和妻兒所以犧牲了自己的一切我們雖
然是死了但我們的遺志自有未死的同志來完成大
丈夫不成功便成仁死又何憾此祝
健康　　并問
王同志好
覺手書　一九二八、一〇、一〇、

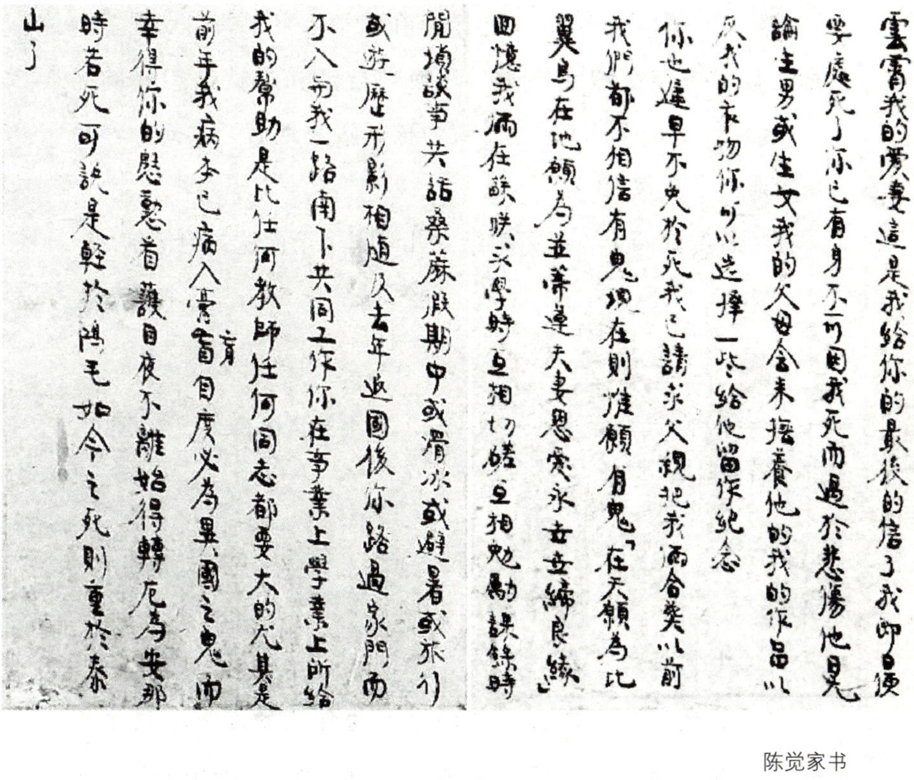
雲霄我的愛妻這是我給你的最後的信了我即日便
要處死了你已有身不可因我死而過於悲傷他是
論生男或生女我的父母會來撫養他的我的作品以
及我的衣物你可以選擇一些給他留作紀念
你也遲早不免於死我已請求父親把我倆合葬以前
我們都不相信有鬼現在則唯願有鬼「在天願為比
翼鳥在地願為並蒂蓮夫妻恩愛永世世締良緣」
回憶我倆在蘇聯同學時互相切磋互相勉勵課餘時
閒談往事共話桑麻假期中或滑冰或避暑或旅行
或游歷形影相隨及去年返國後你路過家門而
不入與我一路南下共同工作你在事業上學業上所給
我的幫助是比任何教師任何同志都要大的尤其是
前年我病本已病入膏肓自度必為異國之鬼而
幸得你的慰悉看護日夜不離始得轉危為安那
時若死可說是輕於鴻毛如今之死則重於泰
山了

陈觉家书

信中所言的“王同志”，是陈觉、赵云霄的婚姻介绍人王希闵，当时也被关押在长沙陆军监狱，与陈觉同日遇害。陈觉未能见到自己的孩子就英勇就义，年仅25岁。赵云霄因为怀有身孕，刑期推迟了五个多月。在这五个多月当中，赵云霄将失去丈夫的悲痛深深地埋在心里。为了孩子，她坚强地面对狱中的一切。第二年的2月11日，赵云霄在狱中生下了一名女婴。赵云霄流着泪将孩子抱在怀中，呼唤着自己和陈觉已想好的名字——启明。3月26日，赵云霄为孩子喂完最后一次奶，在长沙从容赴死，年仅23岁。

在牺牲的前两天，赵云霄给女儿写下了下面这封绝笔信。

读信人：雨馨

雨馨，山西广播电视台“十佳”广播节目主持人，山西综合广播节目监制，全国“全民阅读优秀推广人”。

家书原文：

启明我的小宝贝：

启明是我们在牢中生了你的时候为你起的名字，这个名字是很有意义的。因为有了你四个月的时候，你的母亲便被湖南清乡督办署捕于〔到〕陆军监狱署来了。当时你的母亲本来〈是〉立时〈处〉死的罪，可是因为有了你的关系，被督办署检查了四五次，方检查出来，是有了你！所以为你起了个名字叫启明（与你同样同生一个叫启蒙）。小宝宝！你是民国十八年正月初二日生的，但你的母亲在你才有一月有〔又〕十几天的时候，便与你永别了。

小宝宝！你是个不幸者，生来不知生父是什么样，更不知生母是如何人。小宝宝！你的母亲不能扶〔抚〕养你了，不能不把你交与你的祖父母来养你。你不必恨我，而〈要〉恨当时的环境！

小宝宝！我很明白的〔地〕告诉你，你的父母是共产党员，且到俄国读过书（所以才处我们的死刑）。你的父亲是死于民国十七年阳历十月十四日，即古历九月初四日。你的母亲是死于民国十八年阳历三月二十六日，即古历二月十六日。小宝贝！你的父母，你是再不能看到，而〈且〉也没有像〔相〕片给你，你的母亲所给你的记〔纪〕念只有像〔相〕片和衣物及一金戒指，你可作一生的唯一的记〔纪〕念品！

小宝宝！我不能扶〔抚〕育你长大，希望你长大时好好的〔地〕读书，且要知道你的父母是怎样死的。我的启明，我的宝宝！当我死的时候你还在牢中。你是不幸者，你是个世界上的不幸〈者〉！更是无父母的可怜者。小明明！有你父亲在牢中给我的信及作品，你要好好的〔地〕保存。

小宝宝！你的母亲不能多说了。血泪而〈书〉成。你的外祖母家在北方，河北省阜平县。你的母亲姓赵，你可记着。

你的母亲是二十三岁上死的。小宝宝！望你好好长大成人，且好好读书，才不〈辜〉负你父母的期望。可怜的小宝贝，我的小宝宝！

你的母亲

于长沙陆军监狱署泪涕

一九二九年三月二十四日

赵云霄在信中那一声声“小宝宝”的呼唤，分明是一曲人间亲情的绝唱，令人感到一颗跳动着的滴血的心，它饱含着强烈的奉献精神和伟大的母爱。那已泛黄、破损的遗书，笔迹流畅工整，完全看不到两个将死之人的恐惧，看到的只有共产党人面对死亡时的从容和满腔真情的流露。令人痛心的是，被祖父母从监狱中接出后抚养的小启明，并没有像母亲希望的那样“长大成人”，她终因体弱多病在 4 岁时就夭折了。一个美好的家庭就这样无私地全部献给了革命事业。

【品初心】

拆信人：李平

李平，“老家山西”自媒体创始人之一，编著有《一条路一座城》《寻找晋商家园》《在那东山顶上》等多部著作。

革命烈士生前写信给他的父母、妻儿，给他的朋友、兄弟，这虽然是一个非常悲伤的过程，但是书信的接受方至少是成年人，对方有能力承担这一切。我们今天要解读的后面这封家书，是一个年仅23岁的母亲写给尚在襁褓中的婴儿的，而且这个婴儿刚刚满月。这是何等凄苦、何等艰难的过程。

唐代张籍写过一首诗《秋思》：“洛阳城里见秋风，欲作家书意万重。复恐匆匆说不尽，行人临发又开封。”说的是秋天到了，秋风萧瑟，身在异乡（洛阳城）的张籍，想给家里写封信。可是要说的话很多，不知道从什么地方说起。信写好后，在即将送出的那一刻，张籍怕遗漏了什么，又从捎信人那里把信要了回来，拆开已封好的信，看看有没有什么忘了写的。这也仅仅表达的是一份普通的思乡之情，但是赵云霄在给女儿写信的时候，是生死离别，她再不能见到自己的女儿了，她要写多少，才能把她全部的叮嘱、全部的爱恋、全部的担心倾诉给自己的女儿？

这样一位伟大的母亲，她在给孩子写了这封信后不久，便牺牲了。而她的丈夫陈觉，更是牺牲在她之前。陈觉是湖南醴陵人，赵云霄是河北阜平人。1925年，党组织派他们前往莫斯科中山大学学习。在莫斯科，陈觉和赵云霄相识相爱，过了一段非常浪漫的生活。1927年，陈觉与赵云霄学成回国，随即投入到革命斗争中。1928年，陈觉与赵云霄先后被捕。他们入狱之前，赵云霄就发现自己已怀有身孕。她向当局提出自己已有孕在身，待生下孩子再处决不迟。狱方派医生检查了四五次，确定赵云霄已经怀孕，被迫同意延期执行对她的判决。1928年10月，陈觉牺牲。1929年3月，赵云霄生下孩子一个多月后，英勇就义。

在陈觉、赵云霄被捕入狱到壮烈牺牲期间，他们本有生还的机会。陈觉被捕后，他父亲曾试图营救。但敌人开出的条件是，让他的儿子写一封自白书。这一条件被陈觉毅然拒绝。陈觉的拒绝并不是鲁莽，在写给妻子赵云霄的信中，他说他看到了父亲的无奈，想起了母亲的慈爱，想到了他们的孩子，但他所做的选择是一个共产党人为了革命理想坚定不移、坚贞不屈的选择。他知道自己必死，知道自己要伤了父母的心，知道自己对不起孩子……他在知道这一切的情况下，仍不忘初心，用生命践行了他的入党誓词。

赵云霄的选择也一样，甚至比丈夫陈觉更艰难。男儿抱死心如铁，陈觉决定了要慷慨赴死，一切就放下了。但是赵云霄不一样，她在接下来的时间里，经历了丧夫之痛，经历了与尚在襁褓中的女儿的死别。

1929 年 2 月 11 日，赵云霄在狱中生下一名女婴。当时，狱中没有取暖设备，狱友们为了给她们挡风，就把母女俩围在中间。由于牢房的铁窗开得很高、很小，太阳照不进来，尿布无法晾干，赵云霄便将尿布裹在自己的身上，用体温暖干。可是，孩子出生才一个多月，灭绝人性的反动派就对赵云霄下了毒手。3 月 24 日，判决书下来了，第三天要执行枪决。她搂着女儿亲了又亲，吻了又吻，晶莹的泪水一串串地落下来。晚上，她就着昏暗的油灯，伏在床板上，给不谙世事的女儿写了一封信。信中，她称呼她的孩子“启明我的小宝贝”“小宝宝”“小明明”，整封信不过几百字，她用了各种各样亲昵的称呼，和我们平常对自己孩子的称呼一样。我们可以想象，当时赵云霄在万般难舍的情况下，给孩子喂完最后一次奶，就被狱警拖出去的情景。她在把自己的孩子托付出去的那一刹那，定是肝肠寸断。

《母亲》（油画） 孙滋溪 1981 年作

女子本弱，为母则强。一个母亲，她可以为了孩子激发出难以想象的力量。而赵云霄为了千千万万的孩子，舍弃了自己的孩子。这就是革命者的大爱。他们默默付出，甘愿牺牲，不求理解，不求回报，甚至不求被记住。

生长在和平年代的我们，在博物馆看到展柜中那些革命烈士的书信的时候又能从中学到什么？山西大学原校长李镇西先生说：“每一个时代，都应该发出自己的声音。”也许我们永远不会像那些革命烈士那样生活在心惊胆战之中，生活在朝不保夕、颠沛流离之中，甚至要付出宝贵的生命。但正是他们当年抛头颅、洒热血，付出了一切，才为我们争取来今天和平、幸福的生活。他们之所以愿意放弃一切，就是希望后人能够生活在和平的世界中。共产党人的初心和使命是为中国人民谋幸福，为中华民族谋复兴。现在，我们已经生活在和平年代了，我们就要想：我们能为中华民族的复兴做些什么？其实，把自己的事情做好，就是对先烈最好的告慰，就是为中华民族谋复兴最简洁、有效的做法。

革命烈士用他们的方式，用一封封家书，记录了曾经的峥嵘岁月，让革命精神代代传承。他们用这样一种方式，记录着自己的心情。现在很多年轻人喜欢发朋友圈，喜欢在微博上发一些自己的状态，其实一方面是把自己的现状展示给更多的人，另一方面是想把它留下来。我想，革命者为他们的亲人写下这些书信的时候，也是希望亲人能珍藏好这些书信，把那刻骨铭心的经历和心情记录下来，传承下去，像薪火一样。

屠格涅夫写过一篇散文叫《门槛》，译者是巴金先生。

我看见一所大厦。正面一道窄门大开着。门里一片阴暗的浓雾。高高的门槛前站着一位女郎……一位俄罗斯女郎。

浓雾里吹着带雪的风，从那建筑的深处透出一股寒气，同时还有一个缓慢、重浊的声音问着：

“啊，你想跨进这门槛来做什么？你知道里面有什么东西在等着你？”

“我知道。”女郎这样回答。

“寒冷、饥饿、憎恨、嘲笑、轻视、侮辱、监狱、疾病，甚至于死亡。”

“我知道。”

“跟人们的疏远，完全的孤独？”

“我知道，我准备好了。我愿意忍受一切的痛苦、一切的打击。”

“不仅是你的敌人，就是你的亲戚、你的朋友也都要给你这些痛苦、这些打击？”

“是……就是他们给我这些，我也要忍受。”

“好。你也准备着牺牲吗？”

“是。”

“这是无名的牺牲，你会灭亡，甚至没有人……没有人知道，也没有人尊崇地纪念你。”

“我不要人感激，我不要人怜悯，我也不要名声。”

“你甘心去犯罪?”

姑娘埋下了她的头。

“我也甘心……去犯罪。”

里面的声音停了一会儿。过后又说出这样的话：“你知道将来在困苦中你会否认你现在这个信仰，你会以为你是白白地浪费了你的青春?”

“这一层我也知道。我只求你放我进去。”

“进来吧。”

女郎跨进了门槛。一幅厚帘子立刻放下来。

“傻瓜!”有人在后面嘲骂。

“一个圣人!”不知道从什么地方传来了这一声回答。

文中的女郎舍弃了门外的光明与舒适，要到一个“地狱”去。她和写这些家书的革命烈士一样，在面对未知的未来做出选择时，为了心中的理想和信仰，义无反顾地跨过了“门槛”，用行动诠释了革命的大义。同样，我们的一生也会有很多的“门槛”，当你遇到时是选择退缩还是选择前进，相信每个人都能在红色家书中找到正确的答案。

我们不仅要认识世界，
而且是要改造世界

——王若飞致舅父黄齐生的信

（1932 年）

王若飞

习近平总书记强调，家庭是社会的基本细胞，是人生的第一所学校，要重视家庭建设，注重家庭、注重家教、注重家风。家书是家庭的情感纽带，是家教的重要载体，也是家风的一面镜子。老一辈革命家的这些家书情真意切，蕴藏着很多感人的

故事，既有他们对伴侣的深情、对子女的教诲，又展现了他们为人民谋幸福、为民族谋复兴的初心。

王若飞，杰出的无产阶级革命家，“四八”烈士之一。青年时代的王若飞参加过辛亥革命和讨伐袁世凯的运动。1922 年 6 月，王若飞与赵世炎、周恩来等发起成立旅欧中国少年共产党，积极宣传马克思主义。1923 年，他由法国共产党党员转为中国共产党党员，先后任豫陕区党委书记、中共中央秘书长，后来作为中共代表团代表之一与毛泽东、周恩来赴重庆谈判，同国民党政府签订了著名的《双十协定》。1946 年 4 月 8 日，王若飞乘飞机回延安，因飞机失事，于山西兴县黑茶山不幸遇难，终年 50 岁。

1904 年 2 月，王若飞被舅父黄齐生接至贵阳，入贵阳达德学校学习（现为贵阳达德书院旧址，位于贵阳市商业中心大十字南侧）。他从《木兰辞》中读到“万里赴戎机，关山度若飞”的名句时，十分向往那种奋战疆场、马革裹尸的战斗生涯，于是把自己的名字改为若飞。1928 年，王若飞赴苏联参加中国共产党第六次全国代表大会后，担任中国共产党驻共产国际代表团成员。1931 年，王若飞回国后因叛徒出卖在内蒙古包头被国民党政府逮捕。舅父黄齐生专程前往狱中探望，并设法营救。王若飞在狱中坚持斗争，1937 年被营救出狱。

【读家书】

读信人：文曦

文曦（党文曦），山西广播电视台交通广播节目部主任，中国广播电视学会会员，中国收藏家协会会员。

扫码听家书

家书原文：

亲爱的舅父：

吾幼受舅父教养之恩，未有寸报；孤苦老母未受我一日之奉养；今日被捕，又劳舅父于风雪残冬远来塞外看视。尤其令我感激的是，舅父能了解我，不以寻常儿女话相勉。吾观舅父精神仍如往昔，又知老母至亲骨肉，均各无恙，以后清贫之生活，亦尚能维持，使我更无所念。

舅父所著书及诗，尚未奉读，他日读后如有所见，能写信时，自当奉告。吾尝谓舅父思想行动为托尔斯泰伯爵一流人物。托氏身为贵族，然极不满上层社会残暴豪华的生活，十分同情于下层平民被践踏的生活，愿意到平民中去，并帮助他们。可惜他只有满腔的同情心，而没有使穷苦群众得到解放的方法，所以他只能是穷苦群众的好友，而不是革命的领导者。这是我与舅父思想行动分歧的地方。舅父思想，宗教色彩甚浓。一切宗教哲学的发生，都是当地社会的反映。时代变动，环境变动，这些宗教哲学也必然要随之变动。现在回、耶、佛等教，已非复最初的本来面目。我之读宗教书籍，只是为知道当时及现在人们的社会生活，怎样在思想上反映出来。我们的哲学，是认为一切东西都是在流动变化着。我们不仅要认识世界，而且是要改造世界。这样的精神观与《金刚经》所谓“一切有为法，如梦幻泡影，如露亦如电，应作如是观”的静的观点相反。以上请舅父恕我狂妄的批评。

我妻现在闽北，干戈遍地，音信难通，特留数行，请舅父代为保存，将来有机会见面时再交给她。舅父此来，情义已尽，塞外苦寒，不敢久留。舅父回去时，对诸〔挚〕爱亲友，均请代甥问安。

甥　若飞

一九三二年一月七日

【品初心】

拆信人：乔琰

乔琰，1991 年毕业于山西大学。曾任《山西商报》副总编辑。2016 年创办文化旅游类自媒体“老家山西”。主编有《寻找晋商家园》《一条路一座城》等图书。

这封信是王若飞在狱中写给他舅父黄齐生的。王若飞在少年的时候，父亲就离开了他。他和舅父相依为命，在舅父的关爱下长大成人。可以说，舅父在他的人生中留下了难以磨灭的印记。所以王若飞写给舅父的家书就不难理解了，因为他和他的舅父不仅情同父子，而且是革命同志。

王若飞少年读书时，把自己的名字改成了王若飞，这里边还有一段故事。王若飞少年时很喜欢《木兰辞》中的一句诗，“万里赴戎机，关山度若飞”，这种豪情激励着他，所以他把名字改为若飞，字王度，尽显一腔报国情怀。

1922 年，王若飞加入了中国共产党，从此以共产主义信仰为终生追求，为民族求解放，为人民谋幸福，虽历任党内许多重要领导职务，却始终保持着质朴的为民情怀，并以此严格要求自己和其他同志：“作为一个党员，应该根据自己的环境，为党和人民做一份服务工作，这是每一个党员的神圣义务。”

王若飞的舅父黄齐生，可能知道的人并不多。他早年开展业余教育工作，主持兴办贵州达德学校，积极倡办勤工局、农事试验场、商品陈列所和妇女习艺所等。他提倡男女同校，反对旧礼教。达德学校开办初期，就招收了十几名女学生，还聘请孔德莹为教师。孔德莹也由此成为贵州学校的第一位女教师，并多次参加抗日救亡运动，反对袁世凯复辟、发动贵州护国起义、组织抗日救国会等。达德学校几经变故，教师进进出出，黄齐生却拿着微薄的工资坚持办学，甚至推掉经商为官的机会，在学校里一直坚守了十几年。黄齐生十分关爱家境贫寒的学生，经常帮助他们解决生活中的困难。

四川青城山天师洞茶楼悬挂着一副对联：“事在人为，休言万般皆是命；境由心造，退后一步自然宽。”这是 1927 年黄齐生游览青城山时所作，从中我们可以看出黄齐山的为人处世理念。

王若飞幼年丧父，受到舅父黄齐生的关爱，他被从安顺接到贵阳，进入达德学校读书，接受良好的教育。舅甥二人还一起去日本、法国留学，彼此的感情之深不难想见。在法国，王若飞结识了周恩来、邓小平、赵世炎等革命家，并加入了中国共产党。党组织派他前往苏联学习。从苏联回国后，王若飞在内蒙古做地下工作。可以说，没有黄齐生，就没有王若飞。

铁窗难锁钢铁心

1931 年，由于叛徒出卖，王若飞在包头被捕。在被捕前一刻，王若飞把他的文件都毁掉，把正在写的材料一把撕碎咽进了肚子里。这是一个革命家大无畏的举动。

王若飞在狱中度过了近六年的铁窗生活。这六年来党一直没忘记营救他。有一次，舅父去探望他，他说："如果为了营救我一个人而牺牲掉很多人，这是很不值得的。"他劝大家不要去营救他，他在狱中会坚持进行革命斗争。

王若飞是这样说的，也是这样做的。他在狱中展现出大无畏的革命精神，比如他在狱中坚持锻炼，经常用冷水擦澡，并利用放风的机会进行日光浴，还在狱中做一些体操运动。王若飞对狱友说："国民党要摧残掉我们的身体，我们恰恰不能让他们得逞。"这是王若飞展现出来的一种非常乐观的革命精神。

王若飞在被捕的时候就对敌人说："'招'字，早就从我的字典里抠去了，你们别想从我的口中得到一点点的情报。"王若飞的这种大无畏的革命精神，不仅感动了我们，而且让对手都非常钦佩。

王若飞在狱中的生活极其艰苦，他在写给亲人的信中这样说道："居狱中久，气血渐衰，皮肉虚浮，偶尔擦破，常至溃烂"，"人间地狱，信非虚语"。然而，同一封信里，转而谈及狱中心志时，他却是另一番豪情壮志："以为弟居此环境中，将如何哀伤痛苦，其实不然。一息尚存，终当努力奋斗。现实所受之苦难，早在预计之中，为工作过程所难免，决不值什么伤痛也。"王若飞的忠贞和对共产主义信念的坚定跃然纸上，同时他坚持斗争的决心也一目了然。据营救他的同志回忆，监狱档案中曾有记载：王若飞是个大共产党员，在包头被捕的时候，销毁罪证，拒绝招供；在绥远狱中，傅作义（国民党绥远省政府主席，山西人，解放战争期间促成北平和平解放）优礼相待，但王若飞毫无"悔过"之心，常常进行政治演说，高唱《国际歌》，进行共产主义宣传。在长达5年零7个月的牢狱生活中，王若飞始终坚贞不屈，严守党的机密，用实际行动践行了入党誓词中的庄严承诺，做到了"对党忠诚"，诠释了共产党员的忠贞与坚定。

王若飞和山西有着非常深的渊源，他在包头被捕后，先是被关在绥远监狱，后来又被转到太原陆军监狱。他在被转押到山西的时候，阎锡山派亲信梁化之去狱中劝降，承诺只要他答应"合作"，马上放他出狱。但是王若飞坚定地回答："当我还戴着脚镣手铐的时候，我拒绝做任何有条件出狱的谈判。至于我出狱后是否和你们合作，这不是我个人的问题。作为一个共产党员，只能服从我们党的组织决定，不能拿个人生死利害和你们进行交易。”全面抗战爆发前夕，阎锡山曾多次派亲信劝降王若飞，但都被王若飞拒绝了。王若飞在狱中表现出了坚定的共产主义信念，拒绝任何诱降。阎锡山接受我党统一战线主张后，中共中央北方局派薄一波以共产党员的身份前往山西进行抗日救亡宣传组织工作，伺机营救狱中的王若飞等同志。当薄一波出现在王若飞的囚室时，王若飞高度警惕，要求他带来党的文件以做证明，经数次交谈考察，方才予以信任。

后来，王若飞得知自己即将无条件出狱，就主动请求党组织对自己进行审查：“我在狱里住了五六年，很希望党对我的一切进行全面审查，得出结论。你能不能找个我认识的人，到这里来证实一下，以免将来有旁的什么问题发生。”后来，应他的要求，中共中央北方局派柯庆施赶到太原，在监狱里和王若飞见面，并通过与狱中同志谈话和查看档案，证明了王若飞在狱中的真实表现，王若飞这才跨出了监狱的大门。阎锡山对他非常佩服，为了留住他使出了“礼贤下士”等各种手段，但都被王若飞一一拒绝。他说：“我只有回到延安，才能接受我党分配给我的工作。在此之前，我不能做任何考虑。”准备启程回延安时，阎锡山又派人送来2000法币给他做路费，王若飞也坚决不收。王若飞时刻牢记组织纪律，无论何时何地均严格约束自己，真正做到了“个人干净”。这既是王若飞对自己共产党员身份的高度认同，也是这位久经考验的革命者原则性、纪律性的充分体现，体现了共产党员的自律与操守。

坚定革命的舅甥楷模

王若飞的舅父黄齐生是个开明的社会活动家、教育家。王若飞早年丧父，是黄齐生在帮助他、教育他。最后，在黄齐生的带领下王若飞走上了革命的道路。

黄齐生曾任贵州省视学等职，后又任贵州省立第三中学校长。在任校长期间，黄齐生倡导白话文、倡导男女平等、宣传新文化、开新学风尚、反对包办婚姻等。1929 年，黄齐生在上海与陶行知（著名的教育活动家）共同创办晓庄师范学校。后来又经黄炎培介绍在江苏昆山等地开展乡村教育活动。七七事变后，他组织抗日救国会，宣传抗日。

王若飞被捕后，黄齐生去看望他，在狱中王若飞写下这封家书。从这封家书中，我们不仅看到了王若飞这位坚定的无产阶级革命家，同时也让我们认识了一位开明的社会活动家黄齐生。

黄齐生在其教育生涯中，无数次地宣传抗日思想，主张全民抗战。1937 年，抗日战争全面爆发。第二年，黄齐生由重庆到昆明工作，在路过老家安顺时受邀为老家的师生们演讲。有人回忆，这次演讲非常有意思。黄先生身穿长袍，须发斑白，精神抖擞。他上了讲台，一开口就说：“现在是全民联合起来抗战，一致对外的大好形势。我给大家讲一讲八路军打日寇是怎么打的。日寇的装备要比八路军先进得多。八路军用的是土枪土炮，甚至还有大刀、梭镖，装备非常落后，医药也缺乏，但是在这种敌强我弱的情况下，八路军创造出一种游击战术来对付日寇……”这种游击战术引起了全校师生的极大兴趣，大家纷纷要求黄先生讲讲游击战术是怎么打的。黄先生就把毛泽东同志创造的游击战术给大家介绍了一下，他说：“游击战术就是敌进我退、敌退我追、敌驻我扰、敌疲我打。敌人进攻的时候我们就退，不和他硬拼；敌人退走的时候我们就追，打得他只顾逃命；当敌人住下的时候，我们就去骚扰他，让他不得安宁；敌人疲惫了，我们就包围着他打，打得他狼狈不堪。这种打法使日寇就无法应对。”他还把八路军的这种游击战和“曹刿论战”放在一起，他说：“‘曹刿论战’说的是，一鼓作气，再而衰，三而竭。这和我们的游击战术是一个道理。”

黄齐生一生追求民主，致力于民族民主革命，他和王若飞两人的感情非常深厚。所以，今天我们读到王若飞写给他舅父的这封信时，不仅让我们看到两人之间的深厚感情，同时也感受到了老一辈无产阶级革命家大无畏的革命气概。

为人民而死

1946 年 4 月 8 日，在重庆参加国共谈判的王若飞和他的舅父黄齐生，以及叶挺、博古等十余人乘飞机回延安，不幸遭遇飞机迷航，在山西兴县黑茶山失事。王若飞、黄齐生等同机人员遇难。

这场空难是怎么回事呢？有人回忆，1946 年 4 月 8 日下午的两三点钟，天空还下着雨，突然有人听到一阵巨大的飞机轰鸣声，然后看见一架飞机沿着黑茶山下的一条大沟低空飞来，离地面非常近，像是紧贴着树梢飞过来一样，紧接着就是巨大的爆炸声。雨停了以后，村里的一些年轻人就上了山，他们看到一架飞机斜躺在一块突出的巨石前约 20 多米的山坡上。四周的树木都被烧光了，飞机的机头朝上，螺旋桨叶片也摔坏了，飞机的碎片及文件等散落了一地。就在当天晚上，附近的村干部们开会讨论了这件事情。当时大家不知道究竟是谁的飞机，分不清敌我，于是决定第二天一早上山把尸体掩埋掉。就在会议开到一半的时候，有干部来通知："告诉大家，有一架载有重要领导和高级干部的飞机失事了，正在寻找。"第二天一早，黑茶山的 50 多个民兵上了山，在现场发现一个椭圆形的印章，虽然烧得一塌糊涂，但依稀还能辨认出"中共重庆办事处证章"的字样。除此之外，还有两枚印章，一枚写的是"秦邦宪"（博古），一枚写的是"黄齐生"。后来，晋绥军区政治部派人来调查飞机失事的原因，大家一致认为，当天飞机准备返回延安时，极有可能因为能见度差，飞机上的导航设备也比较差，在返航途中迷失航向，误入山区。为了寻找地面目标，飞机降低了飞行高度，在浓雾中撞山坠毁。1960 年，为纪念王若飞等烈士，在山西兴县的黑茶山上建了"四八"烈士纪念馆。

王若飞的一生一心为民、一心向党，无私无畏。他有着深厚的理论功底、丰富的实践经验、卓越的工作能力和领导才能，得到了党内许多同志的尊重，也赢得了许多民主人士的由衷钦佩。马寅初就称赞王若飞有“夫人不言，言必有中”的本领，有“说得出，做得成”的才能。沈钧儒也高度评价王若飞，说他在重庆谈判时的表现，“那一种韧性的辩争，众口纷拿，屹然不动，虽有责难弗避，真不愧为民主战士的前导”。更为难得的是，在长期的革命斗争中，王若飞没有因为自己的成绩而骄傲自满，而是保持了一名共产党人的政治本色，在每一个岗位上都全心全意为党工作，从不计较个人得失。习仲勋同志曾回忆说，王若飞朴实谦和，对工作一丝不苟，对同志勤勤恳恳，常说自己懂得不多，没有为党做了多少工作。蔡畅同志说，王若飞无论受到怎样的委屈，总是不声不响，毫无怨言。党内许多同志对王若飞的这种高度评价，让我们看到了一个共产党员的革命情怀。可以说，王若飞波澜壮阔的革命生涯，完美地诠释了共产党人的责任与担当。

每天应常学习不可偷懒

——邓中夏写给狱中妻子的信

(1933 年)

邓中夏

“五岭逶迤腾细浪，乌蒙磅礴走泥丸。”毛泽东诗中“五岭”之一的骑田岭，大部分位于湖南省东南部的宜章县，县城北面的五岭镇也因此而得名。在五岭镇，有一个小村庄叫邓家湾，这里就是中国工人运动著名领导人邓中夏的家乡。

邓中夏，1894 年 10 月生，湖南宜章人。1915 年考入湖南高等师范学校，1917 年考入北京大学中国文学门（现中文系），后转入哲学系学习。1919 年参加五四运动，任北京学生联合会总务干事，参与了火烧赵家楼的行动。1920 年 3 月，在李大钊的领导下，邓中夏、高君宇等人发起组织了北京大学马克思学说研究会。同年 10 月，以马克思学说研究会的成员为骨干，发起组织了北京共产党早期组织，李大钊为书记，邓中夏成为中国共产党最早的党员之一。

【读家书】

读信人：李玉敦

李玉敦，山西广播电视台播音主持管理科科长，中国广播电影电视社会组织联合会播音主持专业委员会理事。

扫码听家书

下面是 1933 年 5 月 8 日邓中夏写给狱中妻子李瑛的一封信。李瑛怕信件落入敌人之手，暴露邓中夏，将它抄入日记中，销毁了原件。

家书原文：

妹妹[①]：

你四月二十七的信，我收到了，自从你入狱之后，到现在，整整半年了，我没有接到你半个字，今天得到这封信，你想我是多么喜悦呵！我前后写了四封信，据说有一封你是收到的，大概是去年阴历年底罢：每逢二十七我都托一位女人来看你，据说只有一次见着你，那时你恰在病中，后有几次则因另有人看你，她看不到你了，信和东西送不进去，从此就杳无消息，我多么的挂心呵！好！现在弄清爽（楚）了，多谢乐家兄嫂常来看你，我就放心了，以后一切东西都请他家代送，我一定照你的话办，是否可能：每逢一、四、七都可送食物给你？这样：食物虽少，常送总则一月可以送十二回，每次送的东西以哪几样为最合式（适）？我经济虽困难，每月五元是出得起的，衣物按寒暑另送，为切合你的牢狱生活，我当托他们买暗色的布料做好送来。妹妹你既然和朱姐住在一块，是学英文的极好机会，切不可放过。每天应常学习不可偷懒，我已把英文津逮和英文字典送来，这样学下去，等到你出来，一定可以把英文学好呢！我打算还替你选购一批书籍寄来，你要知道：牢狱是极好的研究室呀！每天读书，又可以消却寂寞烦恼！我很好，你嘱咐我的话，我当时时记在心头。最不幸是平儿②和宝姐③都病了④，都进了医院⑤，家中生病的近来很多，最痛心的是族里⑥的败家子如像云成⑦等，他们狂嫖浪赌，向家里吵闹。也好，这些败家之子，赶出去也好，家道可以兴旺。妹妹！父前知道你的消息吗？你没有写信回家吗？如父母不知道，还是不告知他们的好，如已知道，我写信去。朱姊的家中平安吗？可告示我，以便商议对于你们的问题，慧妹是不是仍在同德念书？亦请告我知，我有不少的话要说，有机会再谈罢！

即此祝你的健康！

哥哥书

◎注释：

①妹妹：即李瑛，后为缅怀邓中夏，改名为李夏明。

②平儿：即黄平，当时是中共中央委员，后叛变。

③宝姐：即何宝珍，1933 年加入中国共产党，1933 年 3 月在上海被捕，次年在南京雨花台就义。

④病了：暗指被捕。

⑤医院：暗指监狱。

⑥族里：暗指党内。

⑦云成：即王云程，后叛变。

【品初心】

拆信人：李平

李平，“老家山西”自媒体创始人之一，编著有《一条路一座城》《寻找晋商家园》《在那东山顶上》等多部著作。

邓中夏是北京共产主义小组最早的成员之一，组织和领导了著名的省港大罢工，是杰出的工人运动领袖。

1925 年，邓中夏为了支援上海“五卅”反帝爱国运动，在广东发动了广州和香港的省港工人大罢工。这个大罢工坚持了一年多，是 20 世纪 20 年代世界工人运动史上罢工时间最长的一次。为了整个罢工过程能有条不紊地进行，邓中夏付出了很多努力，把几万人的吃住都安排得妥妥当当，表现出杰出的才能。罢工运动结束以后，他被誉为“工人政府的总理”。

邓中夏和李瑛是一对感情非常好的夫妻。邓中夏有位亲密战友叫李启汉。李瑛是李启汉的妹妹，是广东省立女子师范学校的优等毕业生。李启汉知道邓中夏的为人和才华，就把自己的妹妹介绍给他。

邓中夏和李瑛于1926年结婚，证婚人是刘少奇夫妻。结婚时，李瑛的妈妈做了一桌湖南菜，来吃饭的有毛泽东、周恩来、苏兆征、陈延年等人。当李妈妈把菜端上来后，第一次吃湖南菜的周恩来辣得直呼过瘾。

1932年，因叛徒出卖，李瑛在上海被捕。当时邓中夏在外地，李瑛被捕入狱后过了五个多月才和他联系上。邓中夏收到了李瑛从狱中寄给他的信非常高兴，就给李瑛回了一封，就是上面的这封家书。

在这封信中，邓中夏讲了四件事：

第一件事，关心妻子在狱中的生活，什么时候带食物、带什么食物，做什么颜色的衣服。

第四件事，问询李瑛入狱这件事家里老人知道吗，不知道的话就别让他们知道了。

这是首尾两件事，中间还有两件。

第二件事，信中还提到一个人的名字，这个人的英语非常好，让李瑛赶快跟着她学英语。

第三件事，寄英文课本和英语字典去，再买一批书。这样，李瑛在狱中既能学习，又可以排解情绪，一举两得，等李瑛出狱后就成为一个有学问的人了。

邓中夏的信，全文500多个字，简简单单，但是读完之后，能让人感受到他对革命的笃定：即使现在我们要遭受一点挫折，但是我们肯定会出来，出来后还要继续我们的事业。这个事业需要我们有更高的理论水平、更丰富的学识，所以我们在狱中要弥补我们的不足。

邓中夏对革命的笃定从何而来？这需要我们重新认识他。

启蒙老师杨昌济

邓中夏在中国工农运动史上，是学者兼职业革命家的身份。他的父亲属传统文人。1915 年，邓中夏考入湖南高等师范学校读文史专业，和蔡和森成为同学。在这里，邓中夏和毛泽东有了交集。当时，毛泽东读的是湖南省立第一师范学校，和蔡和森相交甚好。邓中夏因为蔡和森而认识了毛泽东，他们有共同的同学，还有共同的老师杨昌济先生。

当时，杨昌济先生（杨开慧的父亲）在两所学校任教，在湖南高等师范学校教伦理学，在湖南省立第一师范学校教修身课。杨昌济特别看重这三个学生，曾说将来救中国的就是毛泽东、蔡和森。当时，杨昌济虽然没提到邓中夏，但是也特别看重他。于是，他们三人经常在一起聆听老师的教导。在邓中夏求学路上，杨昌济对他有深刻的影响。

家庭背景与求索之路

1917 年，邓中夏跟随父亲到了北京，考入北京大学。他父亲当时身居高位，是北洋政府国务院的主事、行政院一等书记官，是个清官，娶了两任太太，育有六子一女，家庭负担很重。而且，这七个子女天分都很高，于是他父亲不得不把钱财用在培养儿女上，再加上还要盖房子、夫人身体又不好等，生活比较拮据。邓中夏转向革命后，领导五四运动，他父亲很生气，于是断绝了对邓中夏的经济资助。在邓中夏整个求学、进修的过程中，他的一个表亲一直在资助他。表亲姓杨，家离邓中夏所在的村子不远，做矿业生意，家里非常殷实。

邓中夏的父亲还是一个大学问家，退休以后回到家乡，县里修县志，请他出来主事。当时，国民党要求县志中所有涉及共产党的地方统统要表述为“共匪”，他不干。他在主修的县志里，有 17 处直接称“共产党”，22 处简称“共党”，没有一处称“共匪”的。当时，这是全国唯一一个没有一处“共匪”字样的县志。邓中夏的父亲就是这样一个人。

虽然邓中夏和他父亲彼此看不对眼，但是邓中夏继承了父亲对学问一丝不苟的精神。1917 年，邓中夏考入北京大学后，在传统学问上狠下功夫，希望能有所成就。1957 年，他的一位同学在《人民日报》写诗夸他，说他“君治朴学实谨严，朱墨灿烂蝇头字”。第一句夸他学问扎实，第二句夸他字写得好。

邓中夏本来可以走一条学者之路，但是他有幸接触到了李大钊，接触到了共产主义思想。从那时起，他就开始钻研并接受马克思主义理论。他在北京大学校外，邀了十几个同学租了一个园子，起名“曦园”，寓意为追求光明。他们在园子里一起读书，读大量的当时所能看到的跟马克思主义有关的书籍，过

"共产主义式"的学习生活。

1919 年，邓中夏和傅斯年、罗家伦等人共同领导了五四运动。1919 年年底，他到街上发动工人运动，首先选择的对象是"洋车夫"（拉洋车的人）。他鼓动他们："你现在给达官贵人拉车，挣得太少，你要提高租金。"但是，只有很少数的人响应，而且警察也来干涉，把一些人的黄包车给砸了。车夫们就让邓中夏赔车，邓中夏把全部的钱都拿出来也不够。回来后，学校就有人讽刺他："邓同学，你的这个工运搞得如何呀？"邓中夏从这件事上认识到，像"洋车夫"这些人组织性弱、个体性强，他说："我以后发动工人运动要找组织性比较强的产业工人。"

五四运动后，许多杰出青年有公派留学的机会。当时罗家伦等一批人都出国留学，罗家伦后来还成为清华大学的第一任校长，但是邓中夏不愿出去，他放弃了出国留学的机会，到长辛店去创办工人夜校。邓中夏从 1920 年年底开始在长辛店办工人夜校（劳动补习学校）。从那时起，中国工人运动开始兴起。革命战士高君宇、石评梅，还有鲁迅等，都在长辛店工人夜校讲过课。

邓中夏早期遇到的老师对他的成长和发展非常重要，比如杨昌济和李大钊先生。在邓中夏形成共产主义理论架构的过程中，李大钊和杨昌济先生给予了他非常深刻的影响和指导。

当时，邓中夏的父亲为他谋了一个官职，到北洋政府农商部去任职，被邓中夏拒绝了。邓中夏转而去保定给师范生讲理论和实践相结合的课程。他一旦构建起自己信仰的大厦，就不辞辛劳地维护加固、添砖加瓦，不怕任何挫折，努力实现心中的理想。

对革命事业的热爱

邓中夏对未来的出路和职业的选择并非出于个人谋生的需要，而是取决于其改造社会的远大抱负。在一份1920年10月至1921年征集的《少年中国学会会员终身志业调查表》中，邓中夏这样填写：

终身欲研究之学术：达尔文生物学说、马克思经济学说。

事业着手之时日及地：未定。

将来终身维持生活之方法：未定。

终身欲从事之事业：译著、新闻记者。

他在1926年所填写的《少年中国学会改组委员会调查表》中，在“对于目前内忧外患交迫的中国究抱何种主义”一栏，所填内容为“久已抱定马克思共产主义。依历史的过程，认定现在中国应行国民革命。国民革命只是世界革命之一部分，故反对狭义的国家主义”。而在“入会以后之经历请简明告知”一栏，其中“学业”一项，邓中夏所填内容为“研究革命运动的理论—— 一日未断”。而“事业”一项，所填内容则为“促进民众运动的发展——五年于兹”。这些内容，既包含了邓中夏对于五四运动以来所信仰的主义的说明，更是他对自己从那时起所选择的“学业”和“事业”的总结与确认。

邓中夏是湖南人，为了宣传共产主义思想，在北京讲课就学北京话，在上海讲课就学上海话，去广东讲课就学广东话。20世纪20年代，邓中夏在上海做过很多次演讲，参与过上海大学的创办，给大家留下了很深的印象。1932年，党中央再次派他到上海工作，他说的一口流利的上海话。一次，一位观众对他说："这位先生，你的风格很像以前给我们演讲的邓中夏，就是他比你年轻一点，而且你们俩口音不太像。"由此足见邓中夏对革命事业的热爱和用心。

被捕入狱

1935年5月15日，邓中夏在上海法租界被捕。邓中夏被捕后，敌人并不知道他的真实身份，怀疑他是共产党的一个重要干部，将他打得遍体鳞伤。而他只说自己叫施义，在湖南当教员，这次是来上海访友的，并请了一个大律师来为他做辩护。不料，他的一个部下经不住严刑拷打叛变了，把他给供了出来。国民党得知他就是邓中夏后，在上海租界的蒋介石马上下了一道手谕，并通过关系把邓中夏从上海法租界转到南京的提篮桥监狱。国民党认为如果邓中夏能够投降，将是非常重大的一件事情。于是派了很多人去劝降，其中一个是原来共产国际的"高官"，他说："你是共产党的老前辈，现在却受王明他们的陷害，连我们都为你感到不平。"

1931年，邓中夏遭到王明"左"倾路线的打击迫害，被解除了全部职务。那段时间，邓中夏只能靠妻子李瑛在上海一个纱厂做工来维持生计。

国民党反动派想通过这件事来激起他对共产党的不满，但邓中夏轻蔑地回答："这是我们党内的事，你有什么权力过问？一个患深度杨梅大疮的人，有资格嘲笑偶尔伤风感冒的人吗？"

蒋介石还不死心，又派了一个所谓的"理论家"前来劝降。邓中夏对那位"理论家"说："请告诉你们的中央委员，假如你们认为自己是有理的，中共与邓中夏是有罪的，那么，就请你们在南京进行一次公开的审判。你们的全体中央委员都可以出席，我的辩护律师由我自己担任。最后，谁若在事实面前被说得情亏理输，便要自动宣布向对方投降。""量你们的蒋委员长第一个便不敢这样做。"

1920 年，少年中国学会部分会员在北京岳云别墅的合影，左二为邓中夏

国民党反动派对邓中夏采取软硬兼施的办法，企图得到他们所需要的东西。他们在对邓中夏拉拢劝降都失败后，就严刑拷打、百般摧残。但是在坚定的共产党员面前，国民党反动派的企图落空了。

邓中夏在狱中碰到以前认识的一个革命者，叫郑绍文。郑绍文看到邓中夏被抓进来，就偷偷地问他："老大哥，你打算怎么样?"邓中夏说："打算上雨花台去!"郑绍文就把这件事情告诉了狱友陶铸（后为中共广东省委书记）。陶铸说："你去问问他现在立场变没变。"于是郑绍文就又返回来问邓中夏："大家想知道你的政治态度怎样。"邓中夏一下子从床上跳了起来说："问得好！请告诉同志们，我邓中夏化成灰，也还是共产党员。"陶铸说这太好了。

在国民党的牢房里，狱友们有一个规矩，先进"号子"的人睡在床上，后来的睡在床下。如果关的人多了，最后来的只能睡在马桶边了。邓中夏进来那天，他所在的"号子"里已经有七八个人，显得很挤。为了表达对这位老首长、老大哥的敬重，陶铸心想，必须得有个办法让他睡到床上去。

于是，陶铸小声问邓中夏："你的身份暴露了没有？还有什么要隐瞒的?"

邓中夏说："已经暴露了，还隐瞒什么?"

"那我就告诉同志们，让你睡到床上去，那里通风要好一些。"

"你讲吧。"

于是，陶铸就向大家招呼道：“各位，这位是中国共产党的中央委员、中国工农红军第二军团的总政委邓中夏。现在到了这里，准备为党和人民献出生命，我们应当照顾他，请他睡到床上去，大家同意吗？”

“好！欢迎，欢迎！”大家齐声答应。

陶铸提出，大家凑几个钱买大肉面给邓中夏吃，给他改善生活。那时，牢里除了规定的牢饭外，还可以另外买大肉面吃。邓中夏也毫不客气，端起来就吃。因为随时准备就义的他，知道自己的时间不多了。郑绍文问：“你是中共的奠基人，能不能给大家讲一讲中共以后的路会是怎么样的？”应郑绍文的要求，邓中夏在监狱中做了他人生中最后一次演讲。他给狱友们讲了两个多小时，讲了中国革命的道路。当时，看守监狱的守卫们都被吸引了过去。

壮烈牺牲

1933 年 9 月 21 日凌晨，邓中夏被押赴刑场，狱警问他：“你最后还有什么话要说吗？”邓中夏回答：“对你们当兵的人，我有一句话要说，请你们睡到半夜三更时好好想一想，杀死了为工农兵谋福利的人，对你们自己有什么好处！”敌人害怕邓中夏进行革命宣传，命令立即开枪。

邓中夏牺牲的消息第二天传入“号子”里。那天早上，一个守卫偷偷找到郑绍文说：“郑先生，前两天与你同‘号子’的那位邓先生，昨天清早枪毙了。好人啊，真是好人！”

邓中夏被捕入狱后，法庭让李瑛指认邓中夏。邓中夏大喊："我不认识这个女人。"李瑛也坚定地说："我没见过这个人。"这一次见面两人互不相认，却不知这一别竟成了永别。邓中夏就义时，年仅 39 岁。

李瑛出狱后，继承丈夫遗志，继续为党工作。1981 年李瑛出版了记录丈夫一生的《邓中夏传》，将近 50 年的挂念画上了圆满的句号。邓中夏烈士虽已远去，但党和人民没有忘记他。如今，邓中夏的铜像仍伫立在宜章县城的中夏公园里，供人们瞻仰凭吊。

为着中国民族就为不了家和个人

——刘伯坚写给亲属的信

（1935 年）

刘伯坚

1964 年 10 月 2 日，为庆祝中华人民共和国成立 15 周年，大型音乐舞蹈史诗《东方红》在人民大会堂首演，当第二场“星火燎原”的第一首歌《就义歌》响起时，台下的周恩来、邓小平、刘伯承、聂荣臻、叶剑英等开国元勋都不由得想起了一个名字——刘伯坚。

刘伯坚，原名刘永福，1895 年 1 月 9 日出生于四川平昌。1920 年赴欧洲勤工俭学，开始接受共产主义思想。1922 年，他与周恩来、赵世炎等共同发起组织旅欧中国少年共产党（后改名为“旅欧共青团”），随即转为中国共产党党员。

1923 年，刘伯坚赴莫斯科，入东方劳动者共产主义大学学习，因其平易近人，遇事冷静，善于处理各种问题，被中国留学生推为中共旅莫支部书记。当时旅莫支部不但管理留学生中的党员组织活动，还要负责工作分配和生活，因此被同学们戏称为“驻苏大使馆”，刘伯坚自然也就成了“大使”。

1926 年春，刘伯坚接受到苏联“考察”并求援的冯玉祥的邀请，回国任冯玉祥西北军政治部副部长，负责领导中共派遣到西北军工作的刘志丹、邓小平、安子文等 200 多名政工干部的工作。其间，刘伯坚与杨虎城、吉鸿昌、邓宝珊、赵博生、董振堂等西北军名将都成了朋友。

1927 年 4 月，刘伯坚与西安有名的才女——共产党员王叔振结婚。

1927 年夏，国共分裂，刘伯坚等人被“礼送”出境。之后刘伯坚再度赴苏联，入伏龙芝军事学院，与刘伯承等一同学习军事。

1931 年 12 月，刘伯坚参与了国民党第二十六路军（原属冯玉祥部队）发动的“宁都起义”，随后他担任由起义部队改编的中国工农红军第一方面军第五军团（简称“红五军团”）政治部主任。刘伯坚等对起义部队做了大量政治工作，使红五军团很快成长为红军中的一支劲旅，长征中被称为“铁流后卫”。

1934 年 10 月，中央红军主力开始长征，刘伯坚奉命留在中央苏区坚持斗争，任赣南军区政治部主任。他组织留守部队在于都河上架桥护送中央红军主力渡河长征。

1935 年 3 月 4 日，刘伯坚率部队转移突围时，在激烈的战斗中身中数弹，不幸负伤被捕。

1935 年 3 月 11 日，国民党为了炫耀所谓的“胜利”，押着身负重伤的刘伯坚在大余县游街示众。刘伯坚拖着沉重的脚镣大义凛然，昂首挺胸，从容地走过大街。回到牢中，他写下了著名的《带镣行》。

1935 年 3 月 21 日，刘伯坚在江西省大余县金莲山上被敌人杀害，时年 40 岁。

【读家书】

读信人：曹欢

曹欢，山西广播电视台综合广播《终于等到你》《家长里短说个理》节目主持人，山西省朗诵艺术协会会员。

扫码听家书

在狱中，刘伯坚自知必死无疑，于 1935 年 3 月 16 日给亲属写下了遗书。

家书原文（节选）：

凤笙大嫂[①]并转五六诸兄嫂：

本月初在唐村写寄给你们的信、绝命词及给虎、豹、熊[②]诸幼儿的遗嘱，由大庾县邮局寄出，不知已否收到？

弟不意现在尚在人间，被押在大庾[③]粤军第一军军部，以后结果怎样，尚不可知，弟准备牺牲，生是为中国，死是为中国，一切听之而已。

现有两事须〔需〕要告诉你们，请注意！

一、你们接到我前信后必然要悲恸异常，必然要想方法来营救我。这对于我都不须〔需〕要。你们千万不要去找于先生及邓宝珊兄来营救我，于、邓虽然同我个人的感情虽好，我在国外，叔振在沪时还承他们殷殷照顾并关注我不要在革命中犯危险，但我为中国民族争生存争解放与他们走的道路不同。在沪晤面时邓对我表同情，于说我所做的事情太早。我为救中国而犯危险遭损害，不须〔需〕要找他们来营救我帮助我使他们为难。我自己甘心忍受，尤其要把这件小事秘密起来，不要在北方张扬，使马二先生[④]知道了，做些假仁假义来对付我。这对于我丝毫没有好处，而只是对我增加无限的侮辱，丧失革命者的人格，至要至嘱（知道的人多了就非常不好）。

二、熊儿生后一月，即寄养福建新泉芷溪黄荫胡家；豹儿今年寄养在往来瑞金、会昌、雩都、赣州这一条河的一只商船上，有一吉安人罗高，廿余岁，裁缝出身，携带豹儿。

船老板是瑞金武阳围的人，叫赖宏达，有五十多岁，撑了几十年的船，人很老实，赣州的商人多半认识他。他的老板娘叫郭贱姑，他的儿子叫赖连章（记不清楚了），媳妇叫做梁照娣。他们一家人很爱豹儿，故我寄交他们抚育。因我无钱，只给了几个月的生活费，你们今年以内派人去找着，还不致〔至〕于饿死。

我为中国革命没有一文钱的私产，把三个幼儿的养育费都要累着诸兄嫂，我四川的家听说久已破产，又被抄没过，人口死亡殆尽，我已八年不通信了。为着中国民族就为不了家和个人。诸兄嫂明达，当能了解，不致说弟这一生穷苦，是没有用处。

诸儿受高小教育至十八岁后即入工厂作〔做〕工，非到有自给的能力不要结婚，到卅岁结婚亦不为迟，以免早生子女自累累人。

叔振仍在闽，已两月余不通信了。祝诸兄嫂近好！

弟　伯坚

三月十六日于江西大庾

◎注释：

①凤笙大嫂：即刘伯坚爱人王叔振的兄嫂。

②虎、豹、熊：即刘虎生、刘豹生、刘熊生，均系刘伯坚的孩子。

③大庾：即今江西大余县。

④马二先生：即冯玉祥。

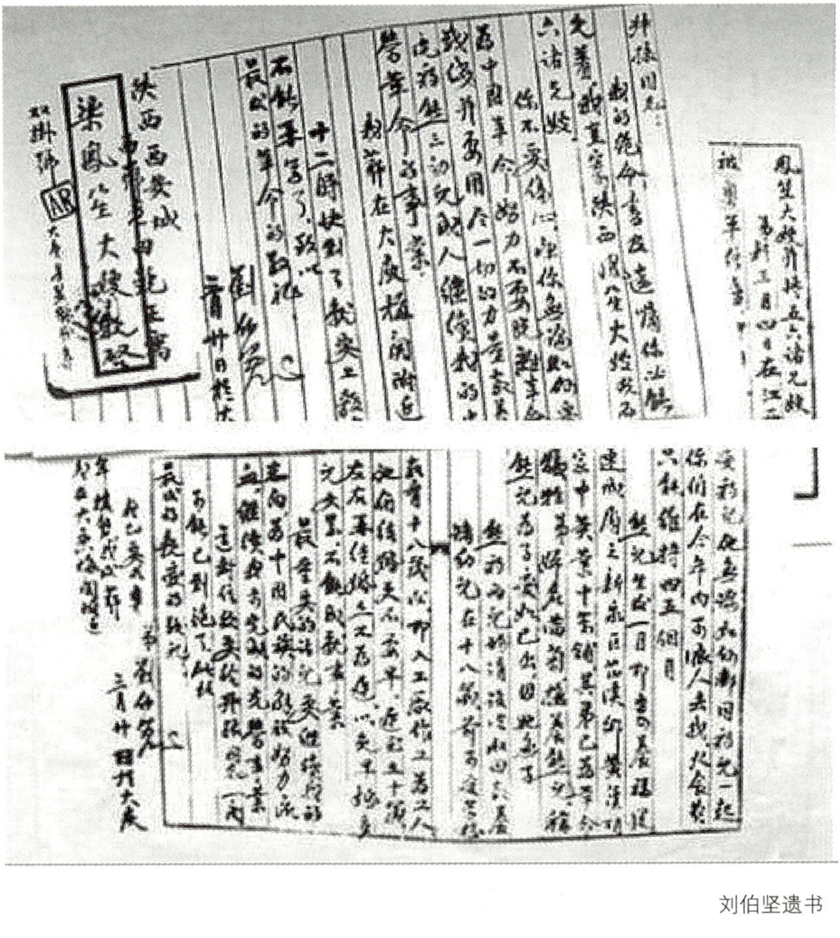

刘伯坚遗书

下面这一封是刘伯坚上刑场前写给妻子王叔振的绝笔。

家书原文：

叔振[①]同志：

我的绝命书及遗嘱你必能见着，我直接寄陕西凤笙大嫂及五六诸兄嫂。

你不要伤心，望你无论如何要为中国革命努力，不要脱离革命战线，并要用尽一切的力量教养虎、豹、熊三幼儿成人，继续我的光荣的革命事业。

我葬在大庾梅关附近。

十二时快到了，就要上杀场，不能再写了，致以最后革命的敬礼！

刘伯坚

三月二十日于大庾

◎**注释：**

①叔振：即刘伯坚的爱人。早年参加革命，在闽西牺牲。

【品初心】

拆信人：乔琰

乔琰，1991 年毕业于山西大学。曾任《山西商报》副总编辑。2016 年创办文化旅游类自媒体“老家山西”。主编有《寻找晋商家园》《一条路一座城》等图书。

今天我们解读并认识一位中国共产党早期的革命领导干部刘伯坚，这也是我认识的又一位纯粹的中国共产党人。大家看红色家书也好，读红色故事也罢，都能感觉到早期的共产党人都特别年轻，二三十岁就加入中国共产党，从事革命工作。他们从事革命工作不讲回报，是纯粹的信仰。他们有的家庭条件不错，有的出身贫寒，但不管是什么身份，加入中国共产党以后，他们所表现出来的对党的忠诚，以及在敌人利诱面前表现出的坚定信念，着实让人感动。

刘伯坚是中国共产党早期的一位领导干部。他和周恩来、赵世炎都是旅欧中国少年共产党的组建者。刘伯坚回国以后曾受到冯玉祥的邀请，在冯的西北军里任政治部副部长，后辗转回到了中央红军。刘伯坚牺牲时正值红军第五次反"围剿"失败，红军主力被迫长征。1934 年，苏区中央红军长征前，一部分（红七军团）组成北上抗日先遣队，由方志敏率领北上抗日；还有一部分由刘伯坚等人带领，留守中央苏区和敌人继续进行斗争。

刘伯坚在苏区与敌人的斗争中，被蒋介石的十几万大军包围，后在突围中被俘。被俘以后，刘伯坚表现出的共产党人大无畏的革命精神，让许多国民党人震惊。

当时，国民党反动派把刘伯坚的画像发到每个士兵手里，只要抓住刘伯坚就赏 5 万大洋。因此，好多士兵就照着画像来找刘伯坚。刘伯坚被俘以后，国民党反动派告诉他："你赶快投降，写个认罪书，写个退党声明，就可以获得自由。"刘伯坚严词拒绝。有的人嘲笑他："共产党不是厉害吗，怎么还能被我们抓住?"刘伯坚哈哈大笑说："胜败乃兵家常事。"

刘伯坚曾经在冯玉祥军中干过，和很多国民党高官都有过交情。在他被捕以后，他的家人想托付冯玉祥，或托一些其他认识的人把他营救出来。但是刘伯坚告诉他的家人，他被捕以后，千万不要营救他，不能因为营救他而去求他们，一旦求他们就丧失了共产党人的人格。所以刘伯坚坚决不让家人托人营救自己，一直到被反动派杀害。

刘伯坚的这些表现是常人难以做到的，非常令人敬佩。

生是为中国，死是为中国

刘伯坚在狱中坚持斗争的故事有许多，其中有两首诗特别著名。一首叫《带镣行》。刘伯坚被捕以后，反动派拉着他游街，并当众羞辱他。但是刘伯坚从容自若，在大街上昂首挺胸，坦然地从众人中走过。回到狱中，他写下了这首诗。

带 镣 行

带镣长街行，蹒跚复蹒跚，
市人争瞩目，我心无愧怍。
带镣长街行，镣声何铿锵，
市人皆惊讶，我心自安详。
带镣长街行，志气愈轩昂，
拼作阶下囚，工农齐解放。

面对众人惊讶的表情，面对国民党狰狞的面目，他说："我心自安详。"作为一名共产党人，刘伯坚内心充满着无穷的力量，不管敌人怎么诱降，怎么羞辱，他对党的信念始终不变。而且最后他还说："拼作阶下囚，工农齐解放。"

他还写了另外一首诗，叫《移狱》。

移　狱

大庾狱中将两日，移来绥署候审室，
室长八尺宽四尺，一榻填满剩门隙；
五副脚镣响锒铛，匍匐膝行上下床，
狱门咫尺隔万里，守者持枪长相望。
狱中静寂日如年，囚伴等吃饭两餐，
都说欲睡睡不得，白日睡多夜难眠；
檐角瓦雀鸣啁啾，镇日啼跃不肯休，
瓦雀生意何盎然，我为中国作楚囚。
夜来五人共小被，脚镣颠倒声清脆，
饥鼠跳梁声啧啧，门灯如豆生阴翳；
夜雨阵阵过瓦檐，风送计可到梅关，
南国春事不须问，万里芳信无由传。

刘伯坚在狱中受到了非人的折磨。监狱牢房长八尺，宽四尺，一张床，五副脚镣，上下床还得匍匐着用膝盖跪着走。在这么艰苦的环境下，刘伯坚还能轻松自如地写出诗来。"夜来五人共小被，脚镣颠倒声清脆”，他把脚镣的声音用“清脆”来描述，这是共产党人对敌人百般折磨的蔑视。

刘伯坚的这两首诗充分说明了他是一个纯粹的共产党人，在面对敌人的折磨、侮辱、诱降时，表现出了一个坚定的共产党员的气概：第一，你们别救我，我不能丧失我的人格；第二，我要坦然面对生死。

刘伯坚和爱人王叔振

刘伯坚在临刑前短短的时间内，给他的妻子、兄嫂写了三封信。在给他妻子的信中讲了三件事：第一件事，告诉他的爱人不要伤心，他已经准备好牺牲；第二件事，嘱咐他的爱人要为革命继续努力；第三件事，嘱咐他的爱人要抚育好他们的孩子。对他妻子而言，一个革命人临行前没有缠绵的情话，但是每一句都让人泪下，每一个词、每一个字都在滴血。

说到家事时，刘伯坚就一句话："要用尽一切的力量教养虎、豹、熊三幼儿成人，继续我的光荣的革命事业。"事实上，他的妻子王叔振并没有看到这封信，因为就在刘伯坚就义的前夕，王叔振已经在福建光荣牺牲了。

刘伯坚在写给他兄嫂的信中也很直接：第一，我准备牺牲了，是为中国而死的，有两件事交代你们。你们肯定要伤心，但是不要营救我，否则我就丧失了人格。第二，我的小儿子熊儿出生一个月，寄养在什么地方，二儿子豹儿寄养在什么地方，我没有钱给他们抚育费，你们赶快去找他们，他们可能还没有饿死。第三，我没有一分私藏的钱，三个幼儿的抚养还拜托几位兄嫂。就这么几句话，刘伯坚将自己的坚定信念，自己要怎么牺牲，对兄嫂的要求，对孩子的嘱托，全都写得清清楚楚，而且每一句都很简短。

刘伯坚和他的妻子王叔振共生了三个孩子，分别是虎生、豹生和熊生。这三个孩子都没有在他们身边养大，因为两人太忙了，而且经常要面对反动派的"围剿"，安全问题难以解决，所以他们忍痛割爱，把三个孩子全部送出去寄养。信中说，三儿子熊生被送出去时只有一个月大，寄养给黄荫县的胡家；豹儿寄养在一个商船上等。

他的妻子王叔振还和寄养的人家写过一封契约，也很感人：

刘门王氏生下小儿名叫熊生，今送给黄家将其抚养成人，长大在黄家承先启后，但木有本，水有源，父母深恩不可忘记，仍要继承我等志愿为革命效力，争取更大光荣。特留数语，以作纪念。

王叔振在把孩子寄养给别人的时候，仍不忘给她寄养的人家写一封这样的信：我的孩子寄养在这，虽然长大以后他肯定要给养父母养老送终，但是革命的遗志不能忘。这就是一个纯粹的革命人。

通过这几封信、这两首诗，我们就更能理解什么是一个纯粹的革命人。

刘伯坚牺牲时只有40岁。他从二十几岁开始革命，直到牺牲，近20年来他和他的爱人对革命的付出是常人难以想象的。刘伯坚小的时候家里还有个小客栈，能够供养他上学。家里有点积蓄，送孩子出去上学，养育孩子，赡养父母，这是一个普通人的一生。但是刘伯坚走出去以后，参加了中国共产党，从此走上了革命的道路。后来他的家被查封，接着他又壮烈牺牲，三个孩子不知去向。今天，我们重读这样一位革命者的家书，无论是年轻人还是中年人，都会对共产党人有新的认识和理解。

中华大地不止孕育了一个刘伯坚，这片红色的热土上，无数像刘伯坚一样纯粹的、英勇的共产党人，他们为了能让后代子孙有一个和平安宁的生活环境，抛家舍业，舍弃亲情、爱情，甚至是自己的生命。

现在，人们常说时代新人，那么究竟什么是时代新人?

在战火纷飞的革命年代，好多人十几岁就参加了革命，他们怀着对共产主义坚定的信仰，把自己的青春和热血都奉献给了革命。他们坚信只有共产主义才能救中国，只有共产主义才能带领中国走上一条繁荣昌盛的道路。有了这种信念，他们才有在面对折磨时的蔑视、面对牺牲时的坦然。作为新时代的年轻人，我们应该不断回望中国共产党的早期历史。不忘过去，我们才能知道未来应该走怎样的一条路。

最后的一线希望

——赵一曼写给儿子的信

（1936 年）

赵一曼

江水三千里，家书十五行。行行无别语，只道早还乡。新中国成立前，一封封家书，成为抗日战场上的战士和家乡亲人之间唯一的联系。如今战争远去，家书仍在，成为历史永远的见证。

赵一曼，原名李坤泰，又名李一超，1905 年出生在四川宜宾一个富裕家庭，是家里最小的孩子。21 岁时加入中国共产党，同年 11 月进入黄埔军校（武汉分校）学习，成为该校唯一一届女学员中的一员。1932 年秋，儿子宁儿未满 3 岁，李坤泰就受党中央派遣奔赴敌后，从此音信全无，留给宁儿的只有一张合影。

不久后，在东北的抗日战场上，一位名叫赵一曼的女英雄成为传奇人物。她带领群众罢工，建立游击队，多次给日军以沉重的打击，以“红枪白马女政委”声名远扬。牺牲的时候，赵一曼只有 31 岁。在留下的唯一的遗嘱中，赵一曼也没有透露自己的真实姓名。而这份藏在日军审讯档案中的遗嘱直到 1957 年才被发现。

中华人民共和国成立后，电影故事片《赵一曼》在全国热映，女英雄的名字家喻户晓。当时，赵一曼的丈夫与 21 岁的宁儿也观看了这部电影，但他们哪里想得到荧幕上的抗日女英雄赵一曼就是他们朝思暮念的妻子、母亲。1957 年，当原东北抗日联军组织部的工作人员到赵一曼的家乡四川宜宾进行烈士身份审核时，宁儿才第一次知道母亲的身份。

赵一曼的孙女陈红在《重读抗战家书》节目中回忆：父亲知道以后很伤心地大哭了一场，他觉得他的母亲是伟大的母亲，但是他心里很难受。父亲后来连烈士证和抚恤金都没有去领，因为他觉得那是用自己母亲的鲜血换来的，他不敢去碰那个证。知道赵一曼就是自己的母亲之后，宁儿曾专程前往东北，在东北烈士纪念馆，他用笔抄下了这封遗书。陈红说，父亲抄完后用钢笔在自己手上刺了“赵一曼”三个字，直到父亲去世，那三个字仍留在他的手上。

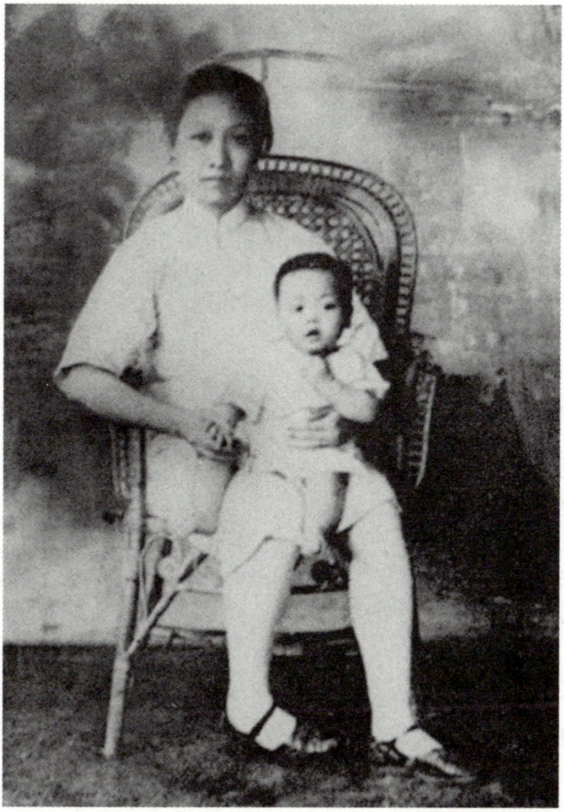

赵一曼和她儿子的合影
1928 年赵一曼从苏联回国后在上海拍摄

【读家书】

家书原文：

亲爱的我的可怜孩子啊！

母亲到东北来找职业，今天这样不幸的最后，谁又能知道呢？

母亲的死不足惜，可怜的是我的孩子，没有能给担任教养的人。母亲死后，我的孩子要替代母亲继续斗争，自己壮大成人，来安慰九泉之下的母亲！你的父亲到东北来死在东北，母亲也步着他的后尘。我的孩子，亲爱的可怜的我的孩子啊！

母亲也没有可说的话了。我的孩子自己好好学习，就是母亲最后的一线希望。

一九三六年八月二日

在临死前的你的母亲

其实，赵一曼的丈夫当时根本不在东北，更没有死。她这样写的目的和她化名赵一曼一样，为了混淆敌人的视听，为了防止敌人根据信的线索对他的亲人进行追捕和迫害。从这封信中，我们能读出赵一曼对儿子的不舍深情，短短的一百多个字，却 6 次提到了“我的孩子”。

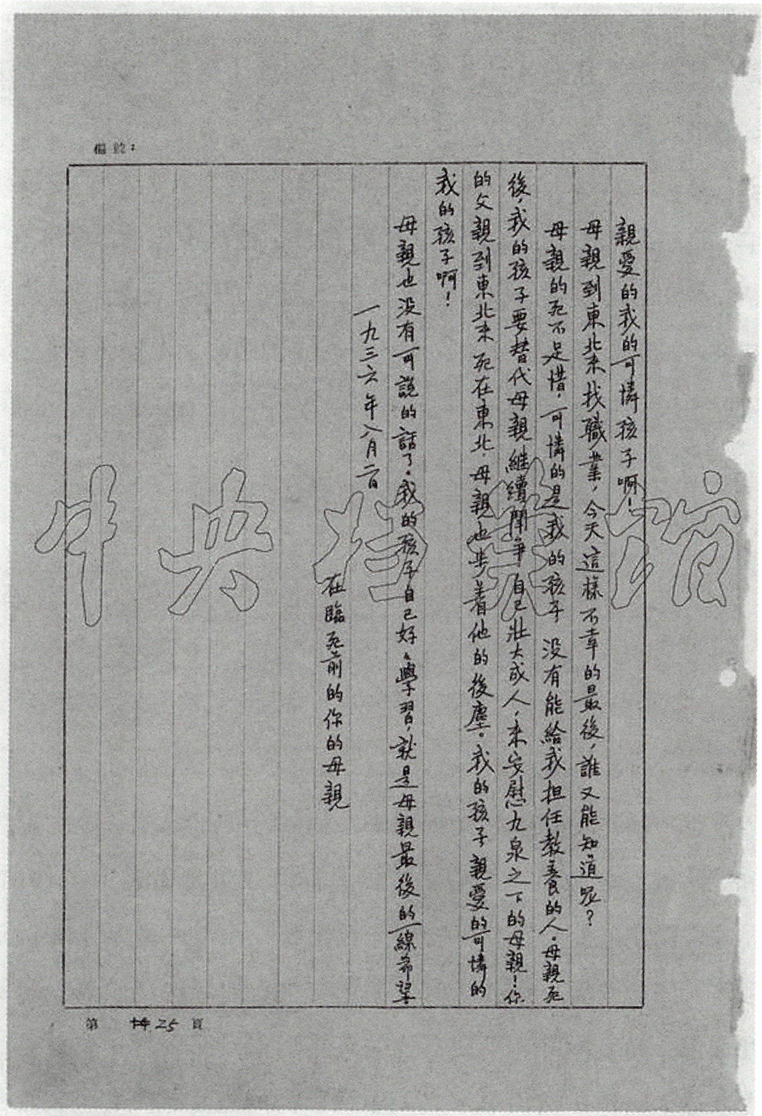

備註：

親愛的我的可憐孩子啊！

母親到東北來找職業，今天這樣不幸的最後，誰又能知道呢？

母親的死不足惜，可憐的是我的孩子沒有能給我担任教養的人。母親死後，我的孩子要替代母親繼續鬥爭，自己壯大成人，來安慰九泉之下的母親！你的父親到東北來死在東北，母親也步着他的後塵，我的孩子親愛的可憐的我的孩子啊！

母親也沒有可說的話了，我的孩子自己好好學習，就是母親最後的一線希望

一九三六年八月二日

在臨死前的你的母親

第 25 頁

赵一曼遗信誉录件

1936 年 8 月 2 日，赵一曼被押上开往刑场的火车，她虽感到死亡迫近，却丝毫没有表现出惊慌的神态。在生命最后的时刻，她最为牵挂的就是儿子。她向敌人要来纸和笔，写下了这封遗书，然后凛然就义，时年 31 岁。

赵一曼对儿子的爱是毋庸置疑的。母爱在女人心中是最简单、自然且永不衰竭的情感。然而在日本侵略中国的战争年代，赵一曼知道国破就会家亡，覆巢之下焉有完卵。她是一名共产党员，她愿意同其他革命战士一样，守护这个支离破碎的国家，守护人民。

【品初心】

拆信人：金汝平

金汝平，山西财经大学文化传播学院教授，诗人、评论家。出版有《乌鸦们宣称》等诗集，著有长篇散文诗《死魂灵之歌》、评论《关于诗及诗人的随想》等多篇。

赵一曼是我少年时代特别崇拜的一个英雄形象。她的形象和江姐既有一致性，又有一定的差异。江姐是做地下工作的，是非常隐秘的一种工作，特别谨慎隐秘，而赵一曼是东北抗日联军某团的政委。在我小时候的记忆中，如果说江姐是一个隐秘谨慎、高度冷静、不屈不挠的英雄形象，那么赵一曼就是一个在冰天雪地、白山黑水之间纵横驰骋的烈女、侠女，在她身上有着更加轰轰烈烈的浪漫的传奇。赵一曼会骑着马打双枪，是一个带有传奇色彩的英雄形象。这一英雄形象在我的少年时代更具有一种感染力，更能使我们胸中热血沸腾，激荡我们的内心，在情感上产生共鸣。

赵一曼和江姐都是侠女，所以在中国共产党的历史上，她们的影响更深入地改变了中国人的思想，改变了中国人的社会生活，掀起了一场轰轰烈烈的革命运动。当时，在她们的影响下，好多妇女也参加了革命。一旦女性的解放和人民的解放联合在一起，社会运动就会爆发出一种不可思议的精神能量。

在这短短的一百多字的信中，赵一曼 6 次提到了“我的孩子”。在离别的那些年里，她一次也没有见过自己的儿子，作为一个母亲，多情未必不丈夫。

英雄之所以被称为英雄，并不是因为他（她）生活在一个超凡脱俗的世界里，只是因为他（她）在特定的环境中受到了新思想的引领和指导。在恶劣的环境下，他（她）把人性的某些东西舍弃、压抑，他（她）并非没有柔情，并非没有对父母、家庭以及对自己孩子的爱。甚至，作为一个英雄，他（她）的爱可能会更加强烈，但是由于环境的险恶，以及他（她）所从事的工作的危险，为了心中的理想和信念，他（她）舍弃了这些。而事实上，那些被舍弃的东西，在他（她）的心中却永远不可能被真正地舍弃，它们会构成一种强大的被压抑的力量。这种力量在特定的时候，尤其是在向死而生时爆发出来，会更加打动我们的心。所以从这封信中，我们可以读出赵一曼是一个英雄，但她更是一个充满无限柔情的母亲。

这封家书之所以感人，不在于她写得好，而在于她用实际行动践行了自己的诺言，体现了早期中国共产党人的风采，为他们的革命理想增添了无限的光环。那是充满热血的一代，他们在自己很年轻的时候，就参加了中国革命。当时，在混乱的军阀统治和日军入侵下，中国已经到了危亡时刻，年轻的中国共产党人满怀热血、心系家国，立志拯救中国。他们认为拯救中国是自己生命的价值，而且拯救中国的同时也能拯救自己。所以，早期的中国共产党人前赴后继，为了中国革命，他们勇敢地昂起头颅面对死亡。方志敏、罗亦农以及陈独秀的两个孩子被国民党屠杀，“左联五烈士”在上海一个秘密的地方被国民党枪杀等。当时加入中国共产党不像今天这样，那个时候非常危险，随时都有牺牲的可能。但是，即便如此，他们为了理想，为了信念，还是毅然舍弃了荣华富贵，加入了中国共产党。朱德、贺龙等，在当时如果跟着国民党干，钱有的是，地位也会很高。当时，朱德是云南比较有名的一个将领，贺龙在北伐军中当过军长，当他们加入中国共产党的时候，就意味着舍弃了荣华富贵，选择了一条非常崎岖、动荡、危机四伏的道路。

回眸革命年代，一封封红色家书，让我们品读革命前辈坚定信仰的壮烈心声。它们穿透历史，跨越时空，使我们感受到先烈们对亲人的挚爱深情，感悟到先烈们为了崇高理想而割舍亲情、舍生取义的壮烈气概，在当今时代，汇聚起直击人心的红色力量，激励我们奋勇向前。

用这洪亮的歌声震动那被压迫的民族

——冼星海写给母亲的信

（1937 年）

冼星海

提起冼星海，这位祖籍广东的人民音乐家，人们常常会为他的爱国精神和民族大义所感动。

冼星海，曾用名黄训，1905 年出身于澳门一个贫苦的船工家庭，父亲在其出生前已去世。冼星海 6 岁开始接触乐器，进行音乐训练，先后在广州岭南大学、北京大学音乐传习所、上海国立音乐专科学校半工半读；29 岁考入法国巴黎国立音乐学院高级作曲班。1935 年，30 岁的冼星海毕业回国参加抗日救亡运动，先后创作了《救国军歌》《在太行山上》《黄河大合唱》等歌曲。

【读家书】

读信人：安国平

安国平，山西广播电视台综合广播副总监，高级编辑。从事广播、电视采访、编辑、主持人工作20多年，近百篇新闻采编、播音主持作品获省部级、国家级奖项，在核心期刊发表论文10多篇。

扫码听家书

1937年国难当头，冼星海以音乐为武器，投身于抗日战争宣传的前沿阵地，写信辞别相依为命的母亲。

家书原文（节选）：

妈妈：

上海“八一三”的炮声使整个中华民族有血气的民众觉悟了！团结了！……每一个中国人都免不掉危险……

亲爱的妈妈，我是在上海开火后五天离开那素称安逸的上海的……但，妈妈：你得明白我们并不是逃难，我们十四人都是救亡的勇士，虽然还没有实现我们预期的愿望，可是我们每一个人都明了自己对国家应负的责任……

我是一个音乐工作者，我愿意担起音乐在抗战中伟大的任务，希望用这宏〔洪〕亮的歌声震动那被压迫的民族，慰藉那负伤的英勇战士，团结起那一切苦难的人们……我常常感到民众的力量最伟大，民众对音乐的需要，尤其在战时，那使我不能不忍痛地离开你而站在民众当中。他们热烈地爱着我，而我也爱护他们。

……我很希望妈妈放心，这次抗战是必定得到胜利的……妈妈！我更有一件事情可以安慰你的，就是现在我已经开始写《中国兵》了……那伟大士兵的抗战精神，已打动每一个父母的心。在《中国兵》作品当中，我们可以听〈到〉每一个不怕死的士兵向前冲。每一个做妈妈的都能忍痛地抛弃私爱来贡献她们唯一的儿子出征……

……为着中华民族的生存，我希望一切的母亲们和儿子们都勇敢地向前……

妈妈，看了这封信以后，我想，在您的皱纹的脸上也许会漾出一丝安慰的微笑吧。再见了，孩子在征途中永远祝福着您！

星海

一九三七年十二月三十一日

不幸的是，冼星海那一生在贫困中饱受苦难的母亲黄苏英却未能等到抗日战争的最后胜利，孤苦伶仃地在上海带着对儿子的无限思念与惆怅离开了人世。在临终前，她仍念念不忘她的儿子，还留下两包东西托人转交星海。原来包里有星海的两支旧钢笔和大量音乐作品的手稿。

【品初心】

拆信人：李平

李平，“老家山西”自媒体创始人之一，编著有《一条路一座城》《寻找晋商家园》《在那东山顶上》等多部著作。

冼星海的这封信，是他从上海前往抗日前线的时候寄给他妈妈的。读完这封信，我们能感觉到冼星海和他妈妈的关系非常融洽，母慈子孝、交流通畅。试想，如果不是冼星海写这封信给他的妈妈，而是跑回家告诉他的妈妈，那个情景一定是冼星海满头大汗地跑回家蹲在妈妈膝前，眼神热烈又急切：“妈妈，我要离开上海了，你得明白我们并不是逃难，我们都是救亡的勇士，我们每一个人都明了自己对国家应负的责任。我是为了我的使命离开上海，离开您的！”冼星海离开上海去往抗日前线，肯定要和危险相伴，他本可以用别的方式来“欺骗”他的妈妈，但是他没有隐瞒，说明他们母子二人交流通畅，而且他的妈妈对他的行为是支持的。

艰难的求学之路

冼星海出生在澳门，家里非常贫穷，祖上几代以打鱼为生。他父亲靠海生活，36岁时不幸溺水身亡。后来，母亲带着他辗转去了新加坡。读小学时，一位老师发现了冼星海的音乐才能，就让他参加了军乐队。自此，冼星海开始接触乐器，并进行音乐训练。他的妈妈听说广州岭南大学（即现在的中山大学岭南学院）音乐教得特别好，又带着他来到了岭南大学学习音乐。后来，冼星海进入了北京大学音乐传习所，然后又考入上海国立音乐专科学校。

1930 年冼星海去了巴黎。到了巴黎之后，三餐不继，他靠在餐馆端盘子、洗碗维持生活。每天晚上要等到凌晨两三点餐馆关门后，他才能开始练小提琴。1934 年，冼星海报名参加巴黎音乐学院的考试，衣衫褴褛的他几乎没能进了门。考试结束后，冼星海的成绩非常好，巴黎音乐学院音乐系主任就代表音乐系向冼星海发出了邀请，表示愿意授予他巴黎音乐学院的荣誉奖，按照惯例准备给他物质奖励。导师们问他要什么，冼星海说："我要饭票。"由此可见，冼星海是在怎样艰苦的环境中完成自己的学业的。

贫贱不能移，威武不能屈

孟子说："贫贱不能移，威武不能屈。"冼星海做到了。他在广州岭南大学学习时，他的妈妈就带着他勤工俭学，在外面做苦工。巴黎学成归国后，上海很多机构来找他，也有大企业，请他谱曲子，基本上都被他拒绝了。冼星海拒绝了那些丰厚的酬劳，却给抗日影片谱曲，而且不收取报酬。一个人曾经贫困到了极点，如今面对钱财，居然可以如此镇定，毫不心动，足可见他的理想信念之坚定。

还有一次，冼星海参加了上海学联到郊区宣传抗日救亡的活动。当局派保安队到现场阻止学生，对峙时剑拔弩张。这时，青年诗人塞克把自己写的一首诗交给冼星海。冼星海怀着满腔激愤朗诵了两遍，倚墙只用了5分钟就写出曲谱——“枪口朝外/齐步前进/不伤老百姓/不打自己人……”这首《救国军歌》当场在学生中唱响，随后在场的老百姓甚至连保安队的士兵也跟着唱起来，很多人都是边唱边流泪。

《黄河大合唱》的诞生

曾经有人说，《黄河大合唱》和世界上任何名曲相比都毫不逊色。在革命战争年代，这首歌影响了无数人，即便现在大家唱起这首歌，依然是斗志昂扬。

1938年9月，武汉沦陷后，诗人光未然带领抗敌演剧队二队，从山西壶口附近渡过黄河，转入晋西南吕梁山抗日游击根据地。一路上，他们目睹了船夫们与狂风恶浪搏斗的情景，聆听了高亢、悠扬的船工号子，心情久久不能平静。这些给了光未然创作长诗最初的灵感。

1939年1月，光未然抵达延安后，仅仅五天五夜就创作出了400多行的长诗《黄河吟》。当时也在延安的冼星海看后非常兴奋，不顾病痛，连续六天，创作完成了《黄河大合唱》整个组歌的曲谱。当年，《黄河大合唱》的初稿是边谱边排的，全曲共分八个乐章，热情地讴歌了中华儿女不屈不挠、保卫祖国的必胜信念。

《黄河大合唱》为什么能感动光未然，感动冼星海，也感动我们呢？因为黄河的澎湃激昂的气势、不屈不挠的斗志，是中

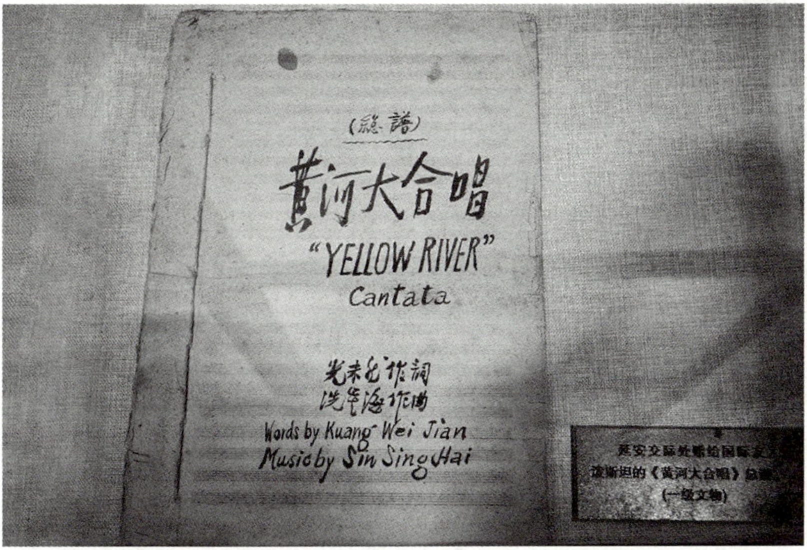

《黄河大合唱》总谱

华民族坚韧不拔精神的象征。以黄河为中华民族精神象征的组歌，庄严地讴歌了中华民族的坚贞不屈、顽强抗争的英雄气概。

音乐要为民族服务

在抗日战争中，不仅有真枪真炮的战场，还有许多看不见硝烟的战场，比如：党的地下工作，有时一人可以抵一个军；毛泽东的文章，可以不战而屈人之兵；还有冼星海的音乐作品，是非常有力量的一种武器……他在家书中写道："民众对音乐的需要，尤其在战时，那使我不能不忍痛地离开你而站在民众当中。他们热烈地爱着我，而我也爱护他们。"他属于他的妈妈，但他也同时属于大众，他清楚地知道他的音乐要为中华民族服务。

当中华民族到了最危险的时候，音乐也成了战斗的武器。冼星海为全民抗战奉献了《黄河大合唱》《在太行山上》等不朽的杰作，鼓舞全国军民抗日救亡。国难当头，虽不能在战场拼杀，但冼星海把知识分子的气节和血性全部融入了救亡歌曲的创作和宣传中，就像他在家书中写的那样："我是一个音乐工作者，我愿意担起音乐在抗战中伟大的任务，希望用这宏〔洪〕亮的歌声震动那被压迫的民族，慰藉那负伤的英勇战士，团结起那一切苦难的人们。"

人民的音乐家

有时候，一个艺术家在投入艺术创作之后，可能会忘记时代的纷争，把音乐看得高于一切，但是冼星海在创作过程中，把国家放在了至高无上的位置。我们称他为"人民的音乐家"，就是因为他的音乐是为了人民大众而创作，这个和他的家庭教育有着很大的关系。

在冼星海写给他妈妈的信中，有一句话不能忽略，他说："在您的皱纹的脸上也许会漾出一丝安慰的微笑吧。"由此可见，他笃定他的妈妈是赞成他的选择的。

在冼星海的成长过程中，他用实际行动践行了"贫贱不能移，威武不能屈"的气节，让我们感受到深深的家风对他的影响。在很多革命者的故事中，我们能够看到，有些人的家人是反对的，不希望他们冒着生命危险参加革命，但是冼星海的母亲不一样，我们从书信中看到了这是一位深明大义的母亲！

有一句话叫“于无字句处读书”，冼星海简短的一封书信只说了非常具体的事，但是从文字的背后，我们可以分析出很多东西来。冼星海的成才之路固然有他自己的努力，但也离不开母亲对他的影响，母亲在他人生价值的实现上起了莫大的作用。冼星海没有选择安逸的生活，没有陪伴在母亲身边来报答她，而是选择做自己应该做的事，实现自己的人生价值，因为他知道只有这样才不会辜负母亲对他的期望。

冼星海指挥延安鲁迅艺术文学院学生练唱《黄河大合唱》

冼星海一生中创作了200多首大众歌曲，多部交响乐、交响组曲，还写了许多音乐方面的论文，成就很大，不负“人民的音乐家”的称号。他病逝后，毛泽东为他题词“为人民的音乐家冼星海致哀”。

埋骨何须桑梓地

1938年底，冼星海奔赴革命圣地——延安，担任鲁迅艺术文学院音乐系主任，并于1939年6月加入了中国共产党。1940年5月，他赴苏联为大型纪录片《延安与八路军》进行后期制作与配乐。在准备回国时，他被迫羁留于哈萨克斯坦的旧都阿拉木图，并在那里待了两年。现在，在哈萨克斯坦的阿拉木图还有一条街叫“冼星海大街”。

冼星海在苏联期间，曾以“黄训”署名写信给妻子钱韵玲，其中提到的妮娜就是他们年仅两岁的女儿冼妮娜。信中流露出冼星海对家人的怀念，真情实感让人动容。

玲：

匆匆别后不觉已届两度寒暑，两地遥隔，能不依依！时藉秋凉，尤望加衣珍重。别后想必学业进步，身体健康。我在这里身体比前健壮硕大，精神健全，食欲增加，工作更比以前进步，见识亦较以前广泛，身心非常愉快。

妮娜在你殷勤爱护之下，必定很幸福地过她的生活，亦必比以前更天真活泼了。她这一幅〔副〕小面孔，我时常都怀念着她，今年她是两岁了，长大一些还是送她到幼稚园，免得你分心，有碍工作和学习。

我们今后更要进一步的〔地〕锻炼自己，尤其是处事、待人、接物的各方面。我总有这样的感想，我们一天比一天进步，但我们在现在的环境，应该更努力去学习和工作。比学习和工作更重要的就是锻炼自己的不屈不挠的精神，苦干和谦虚的精神，我相信你比我做得更好，我时常提及无非就是勉励我们加紧日常生活。的确地我在将近两年的时间，我得到许多宝贵的教训和经验，我想在不久，我们可以见面团聚彼此交换一些过去经验和意见，又是何等愉快的事呢。现在你更要安心工作，我回来时必定带给你许多安慰和愉快。

妈妈生活不知到〔道〕怎样?！我怀念着她如同怀念着你们一样，我深〔生〕怕老人家生活又成问题！你是否仍然每个月给她写信?……你可记得这一件事，不然老人家在上海是孤苦无靠的怎样度过这样的生活呢?

或许你明白我为什么许久没有给你写信的原〔缘〕故，现在因有机会可以带信，顺便写了几行，聊解你和妮娜的远念。

愿努力、珍重!

代候好友们的安好不另

黄训

九．一八．一九四一年

1945 年 10 月 30 日，冼星海病逝于莫斯科，年仅 40 岁。在病榻上，他完成了最后一部作品《中国狂想曲》，却再也没来得及见见母亲和妻女，也没有看到他期盼的新中国的成立。

“埋骨何须桑梓地，人生无处不青山”，冼星海到最后都没能回到祖国。假如冼星海回来了，他去母亲的墓前静静地坐着，把悲伤毫无保留地宣泄出来。但是，他绝不会像现在的影视剧中的情景，撕心裂肺地大哭，他会像原南斯拉夫的电影《桥》的插曲《啊，朋友再见》中唱的那样，“插上一朵美丽的花”，“每当人们从这里走过，都说多么美丽的花”。

1983 年，冼星海的骨灰被从莫斯科运回祖国，安放在北京八宝山革命公墓，墓碑上刻有 11 个大字：中国人民音乐家黄训之墓。黄训是冼星海为了纪念他的母亲黄苏英而改的名字，意为生死不忘慈母哺育与教导的恩情。

别时容易见时难

——左权致妻子刘志兰的信

（1942 年）

左权

左权，原名左纪权，号叔仁，1905 年生于湖南醴陵，1924 年到广州，进入孙中山大元帅府军政部主办的陆军讲武学校，后来转入黄埔军校第一期。1925 年，他加入中国共产党并被选送到苏联留学，相继进入莫斯科中山大学和伏龙芝军事学院深造。1930 年，左权奉命回国，被分配到中央苏区工作，先后担任中国红军军官学校一分校（闽西分校）教育长、新十二军军长、红一方面军总司令部参谋处长、红十五军军长兼政委、红一军团参谋长等职，多次参与指挥反“围剿”作战，参加了长征。1937 年 8 月，中国工农红军改编为国民革命军第八路军（简称“八路军”），左权任副参谋长。不久，他跟随朱德总司令、彭德怀副总司令，率部东渡黄河，挺进华北，开辟抗日根据地。随后他还兼任八路军前方指挥部参谋长，在指挥作战和军队建设方面都做出了突出的贡献。特别是 1940 年他参与领导了著名的百团大战，1941 年取得了保卫八路军黄崖洞兵工厂的“黄崖洞大捷”。1942 年 5 月 25 日，在指挥八路军总部直属队突围时，被敌人的炮弹击中，壮烈牺牲，时年 37 岁。

【读家书】

读信人：高昂

高昂，中华文化促进会朗读专业委员会副秘书长，山西省朗诵艺术协会常务副秘书长，山西电视台配音师，从事播音工作 20 余年。

扫码听家书

这是左权将军写给妻子刘志兰的最后一封信。

家书原文：

志兰[1]：

就江明[2]同志回延之便再带给你十几个字。

乔迁同志那批过路的人，在几天前已安全通过敌之封锁线了，很快可以到达延安，想来不久你可看到我的信。

希特勒“春季攻势”作战已爆发，这将影响日寇行动及我国国内局势，国内局势将如何变迁，不久或可明朗化了。

我担心着你及北北③，你入学后望能好好的〔地〕恢复身体，有暇时多去看看太北，小孩子极须〔需〕人照顾的。

此间一切如常，唯生活则较前艰难多了，部队如不生产则简直不能维持。我也种了四五十棵洋疆〔姜〕，还有二十棵西红柿，长得还不坏。今年没有种花，也很少打球。每日除照常工作外，休息时玩玩卜〔扑〕克与斗牛。志林④很爱玩排〔牌〕，晚饭后经常找我去打卜〔扑〕克。他的身体很好，工作也不坏。

想来太北长得更高了，懂得很多事了，她在保育院情形如何？你是否能经常去看她？来信时希望多报道太北的一切。在闲游与独坐中，有时总仿佛有你及北北与我在一块玩着、谈着，特别是北北非常调皮，一时在地下、一时爬着〔进〕妈妈怀里，又由妈妈怀里转到爸爸怀里来闹个不休，真是快乐。可惜三个人分在三处，假如在一块的话，真痛快极了。

重复说我虽如此爱太北，但如时局有变，你可大胆按情处理太北的问题，不必顾及我。一切以不再多给你受累，不再多妨碍你的学习及妨碍必要时之行动为原则。

志兰！亲爱的：别时容易见时难，分离廿一个月了，何日相聚？念、念、念、念！愿在党的整顿之风下各自努力，力求进步吧！以进步来安慰自己，以进步来酬报别后衷情。

不多谈了，祝你好！

叔仁

五月廿二日晚

有便多写信给我。

又自本区开始扫荡，明日准备搬家了，托孙仪之[⑤]同志带的信未交出，一同付你。

◎注释：

①志兰：即左权将军的爱人刘志兰。

②江明：中共中央北方局工作人员。

③北北：即左太北。

④志林：即刘志兰的弟弟刘志林。

⑤孙仪之：八路军前方指挥部卫生部部长。

【品初心】

拆信人：李平　孟红

李平，“老家山西”自媒体创始人之一，编著有《一条路一座城》《寻找晋商家园》《在那东山顶上》等多部著作。

孟红，中共山西省委党史研究院党史研究七室主任、《党史文汇》主编。著有《红军东征》《林枫在山西》等，发表文章400余篇。

左权是抗日战争中八路军牺牲的职务最高的指挥官。他把生命献给了中国人民的解放事业，所幸他为后人留下了一沓生动鲜活的家书，才使我们永远记住了这位情感细腻的威风男儿。70 多年过去了，这些家书的纸张已经变得枯黄，字迹也淡化了许多，然而字里行间蕴含着的绵绵深情却永远震撼着我们。

最繁忙的人

时间回到 1939 年 4 月 16 日，左权、刘志兰在八路军总部驻地潞城北村结婚。婚后一年，刘志兰为年已 35 岁的左权生下了一个宝贝女儿。当时名字兴起地名，刘伯承的儿子是 1939 年出生，叫刘太行。因为左权他们所在的地区叫太北区，彭德怀就说："伯承儿子叫太行，左权女儿就叫太北吧。"于是，左权的女儿起名太北。

左权长期担任参谋长工作，作家刘白羽于 1939 年春在八路军总部见过左权，发现他是司令部里"最繁忙的人"，除了重大的事由朱德总司令决定之外，一般工作都是由他处理。左权牺牲后，晋察冀军区司令员兼政治委员聂荣臻在悼念左权的文章中说："军队的一切建设，部队的管理教育，战斗战役的组织，一切运筹帷幄，无不精细周详，大事不忘，小事不忽，在日常工作中的负责，尤其是敢于负责，决〔绝〕非敷衍苟且之徒可比。"抗日战争期间曾担任左权警卫员的陈立才回忆说："左副参谋长的工作是非常繁忙而紧张的，每天工作在 16 个小时以上，有时朱总、彭总去延安开会，总部就只剩下他一个人，他

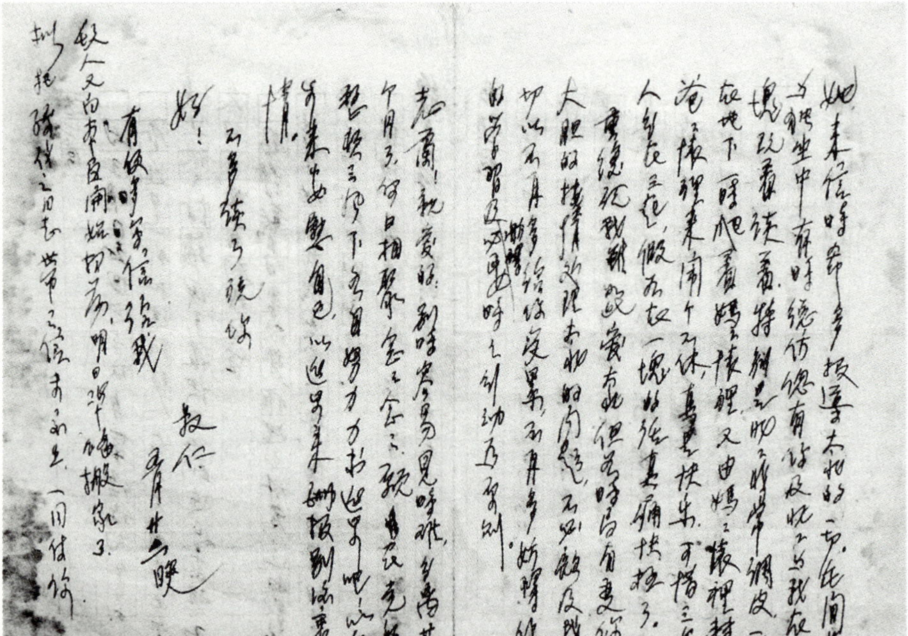

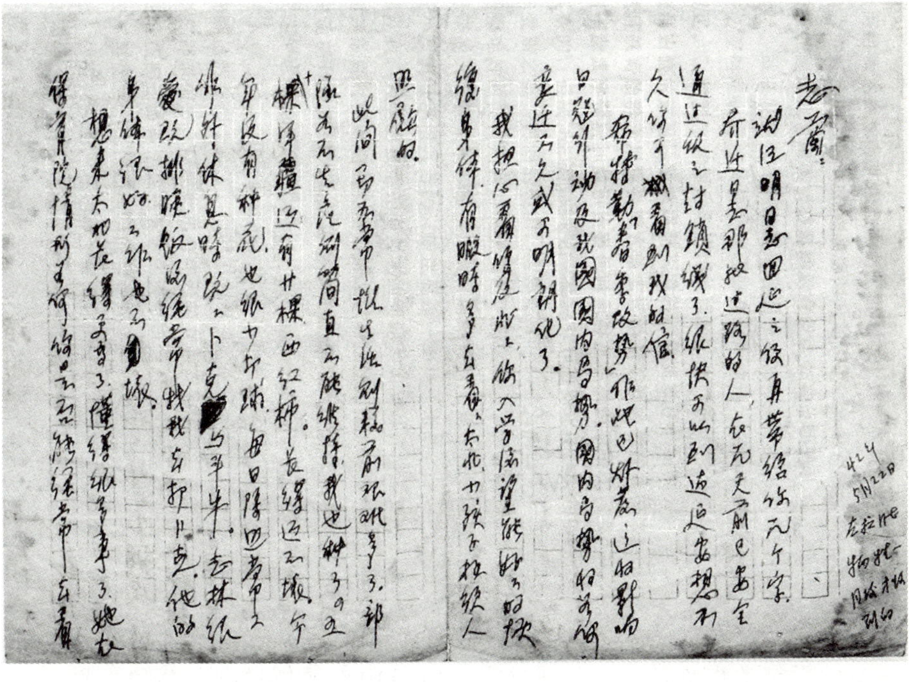

左权家书

从早到晚不停地忙着。”

左权上过两所军事院校，又喜欢读书，军事理论水平很高，撰写了许多关于游击战争的论著。周恩来曾经说他是最有理论修养同时又有实战经验的军事家。朱德评价他是在军事理论、战略战术、军事建设、参谋工作、后勤工作等方面有极其丰富与辉煌的建树，是中国军事界不可多得的人才。

家书寄深情

左权年少离家，投身军旅，戎马倥偬十多年，无暇顾及个人问题，直到34岁的时候在抗战前线遇到了刘志兰。

刘志兰1917年生于北平，是北平师范大学女附中的学生，参加过“一二·九”运动，1937年加入中国共产党，带着弟弟刘志林一起奔赴延安参加抗战。1939年2月来到山西前线，在中共中央北方局妇女委员会工作。经八路军总司令朱德做媒，4月16日，左权和刘志兰在八路军总部驻地潞城县北村结婚，第二年5月生下了女儿左太北。

女儿出生后，一家三口度过了一段其乐融融的时光。然而，战争越来越残酷，日军疯狂进攻太行山革命根据地，八路军总部经常转移，家属随同活动有许多不便。1940年8月30日，左权不得不把妻子和女儿送往延安，分别之前，三个人照了一张合影，当时女儿不满百天。谁也没有想到，这次分别竟然是刘志兰母女和丈夫、父亲的永别。得知妻子和女儿平安到达延安，左权于1940年11月12日给妻子写了第一封信，之后直到21个月后牺牲，他共给妻子写了 12 封信，其中有一封遗失，保存下来 11 封，共 1.6 万字。在这些家书里，给人印象最深的就是左权对妻子和女儿深深的爱。他的每封家书都用较大的篇幅问候妻子和女儿，或表达思念，或表达关切，从学习、工作到衣食、冷暖，可谓无微不至。

在战友和下属的眼中，左权是足智多谋、叱咤风云的指挥员，而在家书里，他是一位体贴入微的丈夫和舐犊情深的父亲。一家三口本该享受的天伦之乐，却被残酷的战争无情地阻隔，只能靠薄薄的信纸倾诉衷肠。这些家书长期保存在刘志兰手中，1982 年 5 月，左权牺牲整整 40 年后，刘志兰把这批珍贵的家书交给了女儿左太北。左太北从这些家书里知道了父亲是多么爱她，每一封信中都会问到她的情况。她原来以为父亲就是一位铮铮铁骨的军人，没想到家书里的父亲是如此的感情丰富、富有爱心。

左太北与记者的对话

记　者：1982 年的时候，我们知道您母亲把左权将军的这些书信拿给您看。当时，第一次看到这些信的时候，您想到的是什么呢？

左太北：本来他工作就特别忙，可是从我父亲给我母亲写的信中，我能感觉到我父亲对我们整个家庭的关心。信中感情表现得特别充沛，没想到一位男同志感情那么细腻。过去，上大学以前，我并不了解，后来看了这些家书，我才知道我有那么一位疼爱我的父亲。

记　者：其实您对他的经历应该了解了很多，包括他从军抗战那些经历，如果从当中选一个故事讲给大家听的话，您愿意讲点什么呢？

左太北：我不知道你们知不知道我父亲是怎么牺牲的。当时他和彭德怀在山西指挥打仗，后来敌人的飞机来轰炸，他就指挥大家赶紧翻过山去。他作为参谋长，认为自己责任重大，他就在山上继续指挥。他光顾着别人，不顾自己，敌人的炮弹炸开了，把他的脑袋炸掉了，就这样牺牲了。

记　者：左权将军写了那么多书信，很多内容都令人感动。现在您把这些信都拿出来，让更多的人看到。如果现在的年轻人读到这些信，您想告诉他们什么呢？

左太北：现在能得到和平是很不容易的，大家都要团结起来坚决反对战争。

左太北是左权将军的独生女，在她三个月大的时候，父亲就奔赴战争前线，从此父女再未相见。在能搜集到的左权将军的遗照中，他几乎总是嘴唇紧闭、神情严肃，但有一张全家合影照片例外，那是1940年8月，左权抱着挥舞双手、不满百天的女儿和妻子刘志兰的合影，这一刻，左权露出了难得的笑容。

左太北说："1940年5月，我出生的时候，父亲和彭德怀等军事指挥员住在同一个大院里，所以晚上我一哭大家都知道了，父亲怕影响别人休息，便和母亲一起搬到破庙里，那是父亲一生中唯一一个真正的家。”

左太北回忆：“父亲留下的家书总共11封，每一封我都捧着读了一遍又一遍。以前的40年，我对父亲的印象就是笼统的英雄形象，很抽象。但看到这些信之后，才感受到我有一个真实的父亲。”

家书中的抗战

左权将军写这些家书的时候正值抗日战争进入相持阶段，敌后战场也迎来了最为艰苦的岁月，日军抽调重兵疯狂进攻华北抗日根据地，采取“三光”政策、“囚笼”政策、“铁壁合围”、细菌战等，根据地军民遭受了极大损失。左权将军协助彭德怀副总司令指挥了百团大战等一系列反击作战。

对于根据地的困难局面，他在家书中也有具体的描述。第一封家书中说：“敌人的政策是企图变我根据地为一片焦土，见人便杀，见屋便烧，见粮食便毁，见牲畜便打，虽僻野山沟都遭受了损失，整个太北除冀西一角较好外，统均烧毁，其状极惨。”第四封家书中说：“现边区受敌重重封锁，腹地亦密布钉子，敌图划边区西侧为治安区，腹地为无人区，即以最凶恶的手段实行‘三光’政策、并村等，以遂其彻底毁灭我边区之目的。边区现已陷入极严重的斗争环境，困难也大为增加了。”第九封家书中说：“敌人的残酷仍然如故，军队损失虽然不大，老百姓却遭殃不小。敌人新的花样就是放毒。在军队指挥机关驻地，在地方，在某些政权机关及某些群众家里，满布糜烂性毒

左权和妻子刘志兰、女儿左太北在八路军砖壁总部的合影

物。在我们去年的原驻地布毒不少，我及廿二号的房子都布满了。”

敌人的凶残并没有吓倒根据地军民，反而更加坚定了他们抗日的决心。“我们不管他怎样，在目前在本身工作上努力根据地之巩固军队的强大，随时准备着对付敌之北进。”“敌图改变我根据地性质的企图，也不会放松的，一切均有待我们准备在极严重极艰苦的环境中去战胜敌人。”“全区党政军民均在纷纷准备粉碎敌人的进攻，我们的工作也就更急迫更紧张些了。”

由于根据地遭到日寇的重重封锁，邮驿系统屡遭破坏，这些家书都是左权将军托人捎带至延安给刘志兰的。有时一两个月，有时四五个月才能送到收信人手里。正是“烽火连三月，家书抵万金”。

看到太北的像〔相〕片（寄来的像〔相〕片收到了）及你对太北的描写，那样活泼可爱的孩子，更增加了我的想念。时刻想着如果有你及太北和我在一块，能够听到太北叫爸爸妈妈的亲恳声音，能够牵着她走走，抱着她玩玩，闹着她笑，打着她哭一哭，真是太快乐了。可是，我的最亲爱的人恰在千里之外，空想一顿以后，只得把像〔相〕片摆出来一一的望着。对于太北，由于有妈妈妥善的抚养，是很幸福的，做爸爸的也占〔沾〕了光，但也决〔绝〕不会忘记。现太北大病初愈希望很好保育，做爸爸的只要一有可能，绝不会忘记应尽的责任的……（1941 年 9 月 24 日）

一封家书，一段历史。外敌入侵，生灵涂炭，军民奋起，保家卫国。左权家书为我们保留了一份反映抗战历史的珍贵史料，这是战争亲历者的记录，是真实可信的第一手资料。左权家书同时还具有重要的伦理价值，人间最为美好的夫妻爱情、父女亲情和爱国深情，凝聚在这一封封家书里，默默地释放着震撼人心的力量。以左权为代表的前方将士的英勇牺牲和全国各阶层民众及海外华侨的倾力支援，共同凝聚成伟大的抗战精神，激励一代又一代中华儿女，为实现中华民族伟大复兴的中国梦而努力奋斗！

孩子起名叫“流离”吧

——彭雪枫写给妻子林颖的一封信

（1942 年）

彭雪枫

1936 年 10 月下旬，受党中央派遣，一个神秘使者带着毛泽东主席给阎锡山、宋哲元的亲笔信秘密抵达太原，争取阎锡山、宋哲元与红军联合抗日。这位神秘的使者就是后来的八路军驻晋办事处主任彭雪枫。

彭雪枫，1907 年 9 月 9 日出生在河南南阳镇平县七里庄的一个贫苦农民家庭。1926 年 9 月加入中国共产党。中国工农红军、八路军、新四军的著名将领，无产阶级革命家和军事家，德才兼备、智勇双全。长征途中，彭雪枫任中央军委第一局局长，后任红军第十三团团长。在攻占娄山关的战斗中，彭雪枫充分显示了优秀的军事才能。毛泽东主席的诗词《忆秦娥·娄山关》就是对彭雪枫指挥抢夺娄山关战斗的真实写照。

忆秦娥·娄山关

西风烈，长空雁叫霜晨月。
霜晨月，马蹄声碎，喇叭声咽。
雄关漫道真如铁，而今迈步从头越。
从头越，苍山如海，残阳如血。

1944 年 9 月，彭雪枫在抗日前线作战中壮烈牺牲，年仅 37 岁。在他短暂的一生中，直接指挥和参加了许多重大的战役、战斗，谱写了可歌可泣的壮丽篇章，为中国人民的解放事业做出了重大贡献。

【读家书】

读信人：安国平

安国平，山西广播电视台综合广播副总监，高级编辑。从事广播、电视采访、编辑、主持人工作 20 多年，近百篇新闻采编、播音主持作品获省部级、国家级奖项，在核心期刊发表论文 10 多篇。

扫码听家书

这封家书是彭雪枫将军于1942年写给妻子的。

家书原文（节选）：

群[①]：

我们于上月廿八之夜，由山郭家经浮山镇渡河到泗南来……一日之夜以一个营兵力，袭击马公店，全部鬼子两个中队密集于一个院子里，我英勇战士猛掷手榴弹一百余枚，并以机枪交叉扫射，确实杀伤鬼子六十余名，实在痛快！冲出来的鬼子，首先是那个机关枪手，被我们一把抱住，先夺过了新的三八式轻机枪，再摘下了钢盔，意图生擒，他坚决不走，终于结果了他。这一仗给敌人打击最大，老百姓轰〔哄〕传后也越发厉害！都说新四军的计策高妙，打仗能干……

孩子应该生下来了？这是我所最关怀的事！假如生产了，不论男孩或女孩，我提议起名字叫“流离”吧！这倒名符〔副〕其实，一个很妙的纪念！不知道你赞成不？或者你会起一个更好的名字……

祝福你！

寒霜丹叶[②]

十二月三日廿时半于淮河北岸之后店子

◎注释：

①群：即林颖。

②寒霜丹叶：即彭雪枫。

【品初心】

拆信人：郭天印

郭天印，中国作家协会会员。已出版《大宋三杰》《太原保卫战》等长篇小说，纪实文学《狄仁杰传》《长江支队》，学术专著《四书五经经典故事》《醉里挑灯看剑》，影视作品《沁源围困战》《云上日出》等。

抗日战争爆发以后，在八路军、新四军的队伍中，有一位被誉为“上马能打仗，下马写文章”的将军，他就是彭雪枫。彭雪枫是一位非常了不起的人物，周恩来总理曾说过他最喜欢的两位将领，一位是陈赓，还有一位就是彭雪枫。这两个人有个共同特点，就是能文能武，所谓“马上将军，马下秀才”。他们二人在军队的政治工作和军事工作中都有着非常出色的表现。

彭雪枫的适应性非常强。在红军将领中，北方人不多见，彭雪枫是其中一位。而且他这个北方人和许世友他们不一样。许世友是河南人，但他属于红四方面军，而同是河南人的彭雪枫却是红一方面军出身，是中央红军中的将领。

彭雪枫 5 岁时跟随祖父读书识字，后来又跟随伯父读私塾。由于他的祖父和伯父都是教书先生，所以上学不用交学费，但他家的主要经济来源仍是靠亲友接济。

1921 年，彭雪枫投奔在天津教书的伯父。同年秋，彭雪枫考入天津南开中学。南开中学是周恩来总理的母校。周恩来是这所学校的英才，而彭雪枫是南开中学又一个了不起的人物。

1936 年 10 月，彭雪枫将军代表中国共产党入驻太原，主持中共驻山西办事处并和阎锡山进行单线联系。当时阎锡山为了保守这个秘密，指派他的亲信梁化之与彭雪枫单线联系。梁化之是阎锡山的心腹和智囊。他与彭雪枫联系，别的人一概不知。西安事变之后，张学良、杨虎城之所以能够按照中国共产党的方针，和平解决西安事变，其中彭雪枫应是首功一份。因为当时彭雪枫按照中共中央的指示，全力做阎锡山的统战工作，经协商，阎锡山同意严守中立。这就使得国民党中的另一个派系——何应钦派不敢轻举妄动，而蒋介石也真正感受到共产党是出于民族大义才将自己保了下来。所以，在这当中彭雪枫是很重要的人物。

1937 年，中国工农红军改编为国民革命军第八路军之后，彭雪枫担任八路军驻太原办事处主任。一直到 1937 年 11 月 7 日夜，在太原失陷前一小时，彭雪枫和周恩来才离开太原。

彭雪枫不仅是新四军的重要将领，也是八路军的重要将领。作为八路军第四纵队的司令员兼政委，彭雪枫打过许多胜仗。1941 年，皖南事变之后，新四军受到重创，陈毅代军长请求中央派有力部队支援。中央军委为了让新四军能够重整旗鼓、再创辉煌，把八路军第四纵队改编为新四军第四师，彭雪枫任师长兼政委。所以，彭雪枫既是新四军的将领，也是八路军的将领。八路军第四纵队改编为新四军之后，军事实力和打硬仗的能力突飞猛进，打了许多胜仗，包括对日军和国民党顽固派所取得的胜利，如与汤恩伯军团的战斗。汤恩伯军团在河南、湖北一带有许多顽固据点，他们不打日本人，专搞国共摩擦，彭雪枫就将这些顽固势力一扫而光。

皖南事变之后，新四军之所以能够重整旗鼓、名声大震，与两支部队有关，一个是彭雪枫的第四师，另一个是黄克诚的第三师。三师、四师是新四军强大战斗力的两个非常重要的因素。1944 年 9 月，在抗日战争即将胜利的前夕，彭雪枫将军在战场上被流弹所伤，不幸牺牲。

毛泽东同志对彭雪枫的评价是“中华民族英雄”“共产党人的好榜样”。陈毅将军对彭雪枫非常倚重。彭雪枫牺牲后陈毅将军无比痛心，评价他“吾党匡天下，得君亦俊才”，意思是中国共产党要创造一个新世界，彭雪枫就是我们最倚重的一个栋梁之材。

1945 年 2 月 7 日，中共中央在延安、新四军在淮北同时为彭雪枫举行隆重的追悼大会。中共中央的挽联是：“为民族为群众二十年奋斗出生入死功垂祖国，打日本打汉奸千百万同胞自由平等泽被长淮。”（长淮即长江和淮河流域。彭雪枫由八路军转为新四军，最后一段时间一直转战在长江和淮河之间）毛泽东、朱德、彭德怀、陈毅四个人还共同写了一副挽联：“二十年艰难事业，即将彻底完成，忍看功绩辉煌，英名永在，一世忠贞，是共产党人好榜样；千万里破碎山河，正待从头收拾，孰料血花飞溅，为国牺牲，满腔悲愤，为中华民族悼英雄。”

高超的指挥才能

红军长征时，开路先锋中有几个主要的将领，分别是杨成武、杨得志和彭雪枫。当时，彭雪枫是彭德怀麾下红三军团的将领，红三军团是红一方面军的几个拳头部队之一。他指挥了抢占娄山关、强渡大渡河，以及四渡赤水中的二渡赤水等战斗。

彭雪枫的指挥能力非常强。新四军第四师在一次战斗中遭到敌骑兵突袭，损失惨重。彭雪枫痛心疾首，痛下决心组建了新四军自己的骑兵部队，并取得了一场场辉煌的胜利。当时，八路军有骑兵，而新四军开始时没有骑兵。蒋介石所依赖的拳头部队国民党第二十军团，也就是汤恩伯的部队，在台儿庄战役中负责打最后一仗，在起决定性作用的时候发起总攻。汤恩伯部为了对抗新四军，用拳头部队——骑兵部队突袭新四军，使新四军损失惨重。彭雪枫知道后，在三个月内组建了新四军自己的骑兵团，并以敌我伤亡 5:1 的战绩取得了淮北反“扫荡”的胜利，在淮河一带打开了局面。

革命同志的情和爱

1944 年 9 月 10 日，彭雪枫在指挥部队围歼河南夏邑县八里庄顽军的过程中，不幸身中流弹，壮烈牺牲，年仅 37 岁。为了不影响部队的士气，也为了保护身怀六甲的彭雪枫的爱人林颖，彭雪枫阵亡的噩耗一直秘而不发。直到 1945 年 1 月 24 日，彭雪枫牺牲的消息才公布于众。

彭雪枫是一个知识分子，他与妻子的情和爱，在当时也非常人可比。虽说他们不经常见面，但通过书信往来，彼此心心相印、互相支持。为了让彭雪枫的妻子顺利生产（林颖于 1945

年 1 月 21 日生产），党中央把彭雪枫的追悼会定在了 1945 年 2 月 7 日，充分体现了革命同志间的同志情、战友爱。

这封信是彭雪枫于 1942 年 12 月 3 日在淮北苏皖北区根据地写给妻子林颖的。当时，他并不知道妻子已于 11 月 26 日生下了一名女婴（后夭折）。

信中彭雪枫写道："孩子应该生下来了？这是我所最关怀的事！假如生产了，不论男孩或女孩，我提议起名字叫'流离'吧！""流离"有颠沛流离之意。为什么彭雪枫要给孩子起这样的一个名字呢？就是希望他的孩子能够铭记父辈们艰苦的战斗历程，即使颠沛流离，也要不断前进。

彭雪枫夫妇

今天我们重读彭雪枫的家书，就是要真正理解革命战争年代英雄们的革命精神，就是要不忘初心，不忘英雄们的牺牲和付出。历史告诉我们，战争不仅是物质的较量，更是精神的比拼，没有顽强的意志，没有敢于牺牲的品质，再好的武器装备也不能保证战争的胜利。一代代革命军人正是靠着向死而生的英勇决绝，形成了压倒一切敌人而决不被敌人所屈服的伟大气概，展现了顽强的中国精神！

我万一不幸为人民战死，那也无须呼哭

——冯庭楷写给哥哥的信

（1946 年）

1946 年，晋冀鲁豫军区第三纵队九旅第二十六团司令部作战参谋冯庭楷，在参军八年后，第一次以公开的身份给家里写信，收信人是他的两个哥哥。而此时的他并不知道，他的大哥在他走后也去参军报国了。冯庭楷参军时只有 15 岁，而他的父亲冯清泰在抗日战争初期就已加入中国共产党，是村里最早的党员之一。

冯庭楷在部队成长很快，1938 年入伍，1940 年百团大战时，已成为部队的一名指挥员。后来，他所在的部队改编为晋冀鲁豫军区第三纵队，成为刘伯承、邓小平领导的晋冀鲁豫野战军的主力部队，几乎参加了刘邓大军所经历的所有战役。

【读家书】

读信人：张峰

张峰，山西广播电视台综合广播《新闻有态度》《欢乐购购购》节目主持人。

扫码听家书

1940 年，冯庭楷参加百团大战，虽离家很近，但作为一名军人，他有着坚定的革命意志，时刻准备着牺牲，没有回家看上一眼。

1946 年 9 月 12 日，冯庭楷随团配合八旅担负主动牵制敌人、掩护主力部队休整的战斗任务，历时 5 天。大约在 17 日或 18 日部队归建后的第二天早晨，冯庭楷不顾疲劳起草战斗总结时，突遭敌机轰炸，当场壮烈牺牲，时年 23 岁。他终究没能回家看上最后一眼。

冯庭楷烈士的侄子冯双平先生一直保留着父亲给他留下的三叔冯庭楷的三封书信。下面这封信就是冯庭楷烈士三封书信中的第一封，写给哥哥的信。

家书原文：

樟[①]、榕[②]二兄：

弟自事变[③]后，毅然走出饥寒的家庭，参加了人民的子弟兵——八路军，将近九年光景，因不了解咱乡的社会情况，未敢冒〔贸〕然写信，恐信到家后引起不幸之事件（过去曾以做生意为名与家寄信两封，均未见回音）。

咱家的情景，我是想像〔象〕到的，尤其想到在贫苦的日子里熬煎着的苦命的双亲，及年迈的祖母，他们也许……我不敢往下想。哥哥，你们会意味到我没有直接给二老写信的意思吧。

由于旧社会制度的黑暗，而造成我们连年不能翻身的贫困。我们应认识〈到〉，这并不怪我们的命运不好，也并不是上帝的安派〔排〕，这只不过是自己骗自己，自己安慰自己的说法。我不相信我们生来就是要受苦的。难道我们就不会享福吗?！我们如果还一味的〔地〕谜〔迷〕信糊涂，还在祈祷依赖上帝，埋怨命运，那就成了笑话了。我们还是要自己跌倒自己爬，要听民主政府的话，始终跟着人民的救星——毛主席走。

灾难深重的中国少衣无食者，不仅咱一家，弟这几年来正是为了自己，为了这饥寒的一群，奔波奋斗。而当这和平建设时期，弟将更努力，为群众服务，为新社会服务，一〔以〕待更进一步、更彻底的〔地〕完成民主和平改革的大业，而能得到巩固，那是我的光荣，是父母的光荣，是群众的光荣，是新社会的光荣。

回想当初从家门走出，在途中独行的我，心中是怎〔多〕么兴奋，但又是如何悲伤啊！爹娘呀，你这刚能扎〔展〕翅远飞幼稚的孩儿，从此就不能顾念到你们了。哥哥呀，我对爹娘应敬〔尽〕的一切，也完全交付你们了。

入伍初期思家心尤切。一天正在念着父亲这几年来体衰面瘦，显然是由于长期负着咱一家生死重担常受饥寒威胁，而苦愁所致。正在沉默思念，适逢父亲从遥远的家乡，在兵马慌〔荒〕乱中冒着一路艰险，在昔阳之皋落镇与我见面了。

父亲深锁着愁眉，睁着一对深深的大眼看着我，但又说不出什么来。我突然感到了一种说不出的伤惨。但是父亲内心的悲哀又是怎么样呢？

第三天我送父亲出了村口，一阵阵的悲酸直涌上心头来，但在父亲面前强为欢欣，表露着愉快的情绪，硬着心肠说几句安慰父亲的话。我望着父亲的背影直到看不见时，方才回转身来。在父亲面前不忍流下的泪珠才一连串的〔地〕淌了下来。我简直想放声大哭，啊！这也许是最后一次见面吧……一连好几天，总在担心着这一段遥远艰险的路程上年老身孤的爸爸。

中国人民的灾难，和我们一生所以得到这样的遭遇，只得憎恨日本法西斯的凶恶残暴，也不得不埋怨我国当权者的腐败无能。

提起来话儿长，记得在一九三九年的夏天，偶遇一熟人告我说，你走后不久，即有坏份〔分〕子恶意造谣云：皇军讨伐大捷，八路大部溃散，冯家儿子已毙命疆场……故家人日夜痛哭不止（特别是母亲）。我听了突然心头狂跳，对恶意造谣者恨之入骨。然愤恨之余，又不觉凄然泪下。妈妈，我们应擦干自己的眼泪。我万一不幸为人民战死，那也无须乎〔呼〕哭。你看疆场上躺着的那些死尸那〔哪〕一个不是他妈妈的爱儿？

离别之情一言难尽。我每次提起笔来即想到我辈一生之

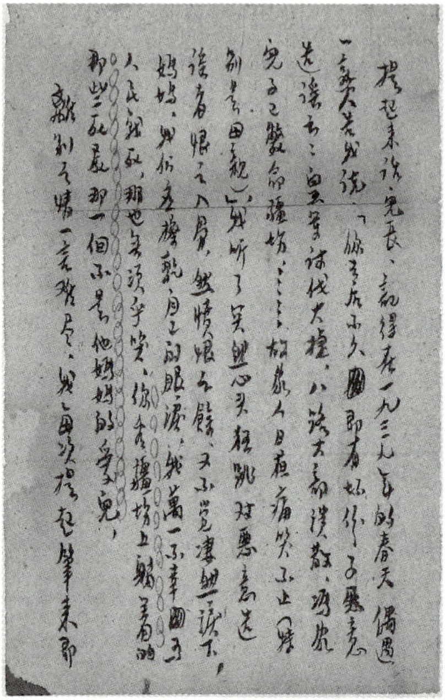
提起来说，兄長，記得在一九三九年的春天，偶遇
一家人若我說，「你們在不久即有妳們子懸念
遠遠的，白天尋找大樓，八路大部隊，將敵
兒子已殺命搶劫……媽媽人日夜痛哭不止（嫂
劍去田家親）我听了实觉心头極跳，对惡意送
後有恨不入骨，然憤恨不能，又不覺凄然淚下，
媽媽，我們多麼乾自己的眼淚，我萬一不幸因了
人民解放，那也無須爭哭，你去擂坊上躺了的
那些死者那一個不是他媽媽的爱兒，
劇到了情一言難盡，我每次提起筆來即

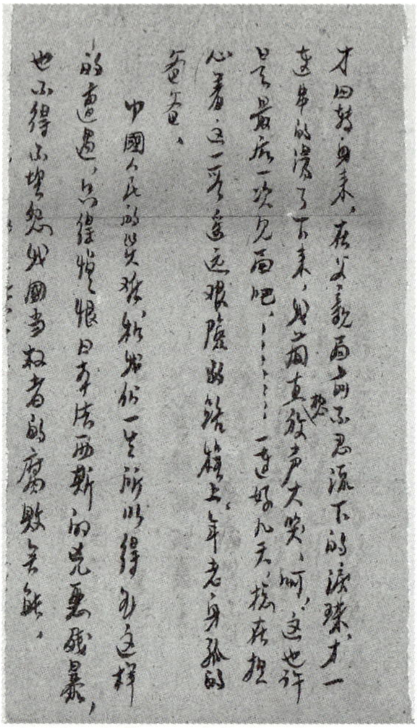
才回轉身來，在火光裏面而不忍流下的淚珠，才一
述串的滚了下來，我兩真放声大哭，啊！这也許
是最后一次見面吧！……一连好几天，在在想
心着：这一番遥远艰险的路程上，年老身孤的
爸爸。
中國人民的災难，我們一生所得到这样
的遭遇，只得懷恨日本法西斯的兇悪殘暴，
也不得不埋怨我國当权者的腐败无能。

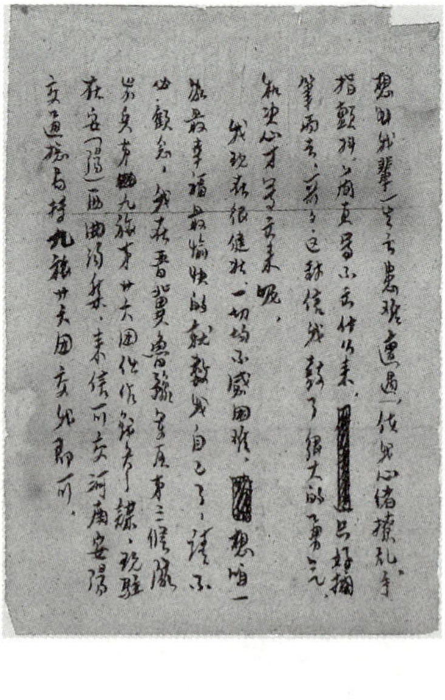
想到我輩一生之悲惨遭遇，使我心緒撩乱，手
指顫抖，兩眼直冒不出什么来，只好擱
筆兩天，等到这封信我寫了很大的勇气
和决心才寫完來呢。
我現在很健壮，一切均不感困难，想唯一
最幸福最愉快的就数我自己了，请不
必挂念。我在晋冀魯豫军区第三纵队
兵站第九旅第廿六团任作訓参謀，现駐
在安（陽）西曲沟集，来信可交河南安陽
交通站局轉九旅廿六团交我即可。

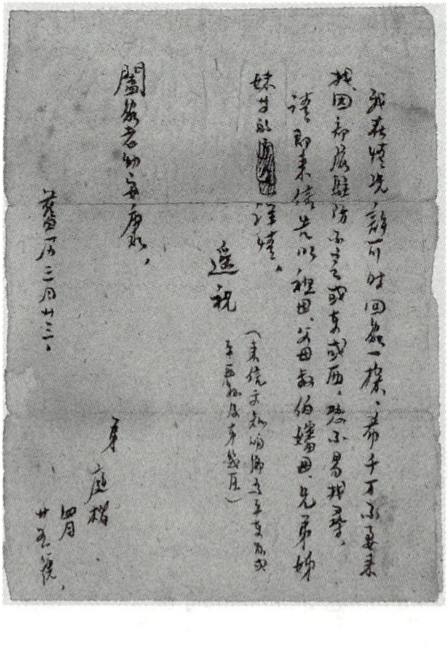
我在情况許可時回家一探，希千万不要来
找，因部隊駐防不定，或东或西，恐不易找尋。
请即来信先將祖母、父母、叔伯、嬸母、兄弟姊
妹等的详情。
遥祝
（来信 [illegible]）
闔家老幼安康，
兒 庭樞
四月廿五晚，
農历三月廿三。

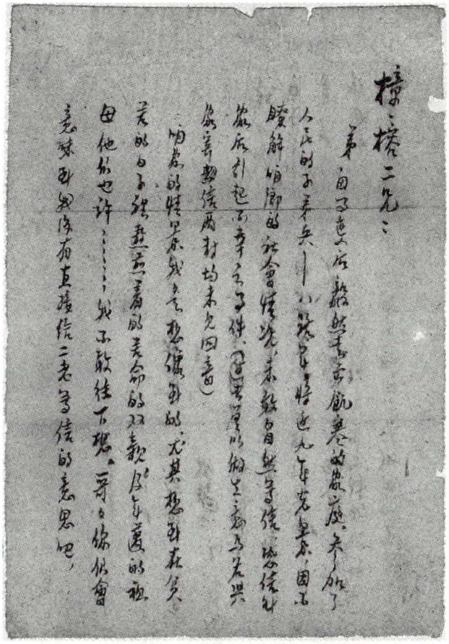

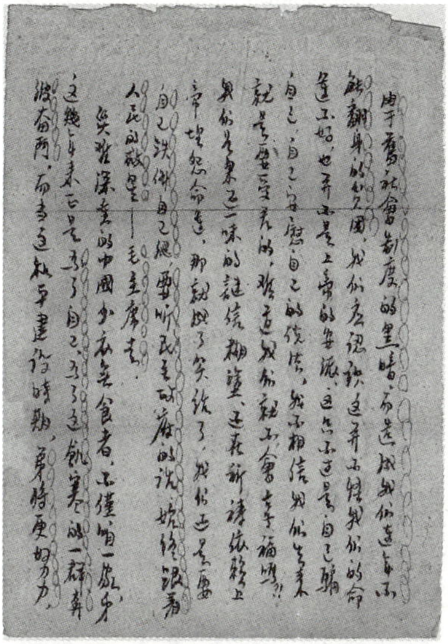

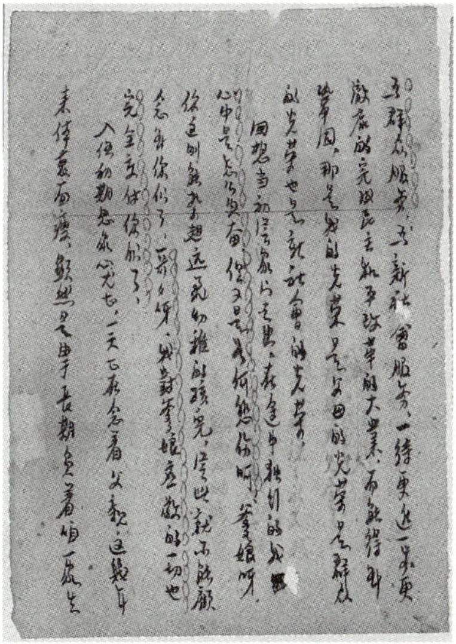

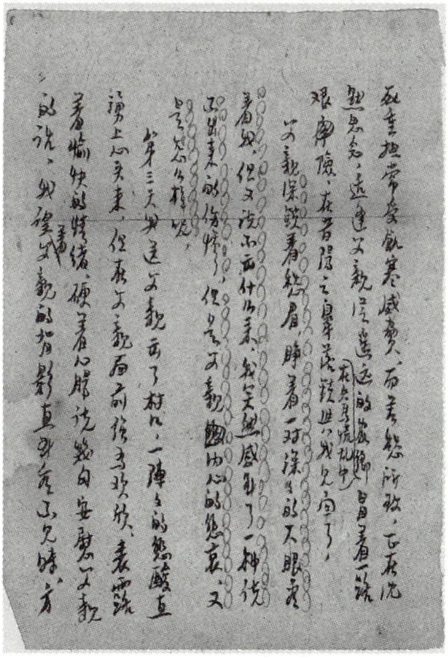

冯庭楷家书

患难遭遇，使我心绪撩〔缭〕乱，手指颤抖，简直写不出什么来，只好搁笔而去。哥哥，这封信我鼓了很大的勇气和决心才写出来呢。

我现在很健壮，一切均不感困难。想咱一家最幸福最愉快的就数我自己了，请不必顾念。我在晋冀鲁豫军区第三纵队步兵第九旅第廿六团任作战参谋，现驻在安（阳）西曲沟集。来信可交河南安阳交通总局转九旅第廿六团交我即可。

我在情况许可时回家一探，希千万不要来找，因部队驻防不定，或东或西，恐不易找寻。

请即来信告以祖母、父母、叔伯、婶母、兄弟姊妹等的详情。

遥祝

阖家老幼安康！

（来信示知咱乡为平东县或平西县及第几区）

弟　庭楷

四月廿五号（旧历三月廿三）

◎注释：

①樟：即冯庭楷的大哥冯庭樟。

②榕：即冯庭楷的二哥冯庭榕。

③事变：指 1937 年 7 月 7 日卢沟桥事变。

与冯双平先生的电话访谈

采访人：郭韬

郭韬，山西广播电视台综合广播主持人、配音员。山西省朗诵艺术协会理事，“全民悦读”全国声音公益大使。多次获省部级、国家级奖项。

冯双平：1965 年，那时候我上初中。有一次，父亲就把他保存多年的我叔叔写给他的一封信拿出来让我看，从此就留下了特别深刻的印象。

郭　韬：冯烈士当时参军的时候只有 15 岁，而他的父亲冯清泰当时也是村里最早的共产党员。所以，冯庭楷在父亲的影响下，革命信仰是很坚定的。

冯双平：他那时候正好赶上七七事变以后学校老师进行舆论宣传，知道了在卢沟桥事变以后，日本大举进攻中国。学校的老师还组织他们在村里游行，表达爱国热情。

郭　韬：这封家书第一次公开是在什么时候？

冯双平：2005 年有一批学者搞了一个倡议，叫“抢救家书”。这几封家书全在我这儿保存着，我就有一个想法，将来这些家书得有一个永远保存的地方。于是，我就跟“抢救家书”项目委员会联系上了。第一封家书 2006 年捐给（中国）国家博物馆，我感到非常欣慰。

郭　韬：这封家书让人印象很深，它是写在一张当时战争期间缴获的日本军事地图上的。

冯双平：这可能是第一封家书，因为它一直在老家保存着。(20世纪) 80年代的时候，我四叔把信从老家拿来委托我保存。当然，那些信中最感人的还是第一封家书，家国情怀跃然纸上。毕竟他走的时候（年龄）比较小，但是从他的信中我能感觉到，他这个人思想觉悟好，思想境界还是比较高的。

郭　韬：您从小受祖父、父亲的影响？

冯双平：虽然有限地接触（过）爷爷，但是我能感觉到，爷爷是一个非常正直的老人。他有点文化，在农村里头打个算盘，算个账什么的。那时候我也小，跟他交流得也少，但是觉得他是一个非常本分的中国农民，质朴、本分、勤劳在他身上都能够体现出来。

郭　韬：冯清泰家有四个儿子，一个女儿，冯庭楷排行老三。冯庭楷参军离开家里也影响了他的兄弟们。

冯双平：那时我的父亲在阳泉火车站给人打工，跟我叔叔就没有见面，（父亲）回来以后才知道他（我叔叔）已经参军走了。我父亲就跟家里说，他也有参军的想法。父亲跟我奶奶说“我要跟三弟一样去当兵，打日本（侵略者）”。

当时我奶奶也很伤心，就说：“你走之前不要跟你弟弟一样，你要走，一定要说一声。”我爷爷当时就说：“孩子大了由他去。”

当时，也是生活所迫，再加上国家处于危难时刻，而且我爷爷还是村里头最早的共产党员，起码的爱国情怀和民族精神还是有的，深明大义。两个月后，我父亲也参加了八路军。这样，他们（兄弟俩）八年来一直没有通信，彼此都不知道（对方的）音信。

抗战（抗日战争）胜利以后，我三叔给家里写信。家里接到信以后又惊又喜，并把我父亲的情况告诉了我三叔，我三叔就给我父亲写了这封信！我父亲接到信以后再给他（我三叔）回信，但是这封信恐怕（我三叔）没有接到。（我三叔在给我父亲写这封信时）他不知道我父亲也当兵走了，所以抬头写的是“樟、榕二兄”。我父亲原名叫冯庭樟，后来改名叫冯庭枋。“榕”就是我二叔冯庭榕。（我三叔在信中说）他不再来信，也说到了为什么没有直接给父母写信，而给两个哥哥写信，（主要是）怕家里有什么变故，所以说抬头写的是“樟、榕二兄”。

郭　韬：当时，冯庭楷是瞒着父母走的，所以期间就没有办法联系家人了。这封信相当于是叔叔（冯庭楷）第一次往家里发来消息！

冯双平：（三叔）曾经写过几封信。按他的信里说，（三叔）以做买卖名义给家里写过信，但是那时候兵荒马乱，恐怕家里没收到。我退休之后又多方查找或者走访，了解我叔叔，包括我父亲参加革命以后的一些经历，并编写了一本书，以表达一个心愿——留给后人一些非常宝贵的历史资料，我觉得特别有意义。

郭　韬：当时我在查阅有关资料时，有些资料上写冯烈士是河南人，有些写（冯烈士）是外地人。

冯双平：不对。

郭　韬：很多资料是错误的。

冯双平：因为（三叔）是在安阳那地方写的信，所以他们说（三叔）是安阳人。

郭　韬：这次咱们很骄傲地说，冯烈士是地地道道的山西人。我想请您给山西家乡的朋友们说几句话，也对更多读到这封信的年轻朋友们说几句话。

冯双平：好！中华民族经历了百年屈辱，从站起来、富起来到强起来，无数先烈为此付出了鲜血和生命。作为后来者，我们应当永远不要忘记祖国苦难的历史。前辈们为之奋斗的历程和他们不朽的精神，值得我们好好学习。

我是冯庭楷烈士的侄子冯双平，北京市公安局的退休干部。让我们一起缅怀革命先烈，重读革命家书。

【品初心】

拆信人：李平

李平，“老家山西”自媒体创始人之一，编著有《一条路一座城》《寻找晋商家园》《在那东山顶上》等多部著作。

冯庭楷烈士是山西阳泉平定县马郡头村人。他 15 岁参军，18 岁入党，23 岁时牺牲。他参军加入的一二九师就是大家都熟悉的刘邓大军。从 1938 年出门到 1946 年牺牲，23 岁的冯庭楷已经是正营级干部。我们从他非常简单的履历中可以看到，他在部队上的表现是多么英勇。

我们知道的大部分情况，冯庭楷跟这个世界的联系，就是三封家书，今天我们读了一封。冯庭楷从 15 岁离开家到他牺牲时，八年多近九年的时间没有回过家。

1945 年，冯庭楷牺牲的前一年，他参加了上党战役。那会儿离家比较近，但他也没有回去。1946 年，他给家里接连写了三封信。

那么，为什么这个时候他才给家里写信呢?

其实，在这之前他用别的身份试探性地写过几封信，但是家里一直没有回音。1946 年，国共两党签订了《关于停止国内冲突的命令和声明》（时称“停战协定”）。国共两党和其他民主党派、无党派人士召开政治协商会议，通过了《和平建国纲领》五项议案。这段时间冯庭楷在河南驻扎，可以往家里写信。他的第一封信写给两个哥哥，内心非常忐忑，在外面这么长时间很怕家里有变故。他出门的时候祖母已高龄，父母亲身体都不太好。他的信寄到家里后，家里给他回信，他高兴坏了。那会儿，祖母已经去世，但父母亲还在，他说这真是不幸中的大幸。

冯庭楷的第一封信是在 1946 年 4 月 25 日写的，6 月 18 日的时候他又给父母写了一封信，然后又根据父亲的要求给他其中的一个哥哥又写了一封信。这三封家书就是冯庭楷和这个世界仅有的联系，他连一张照片都没有留下。

其实很多革命先烈，他们不被大众知晓。武乡发生过一个非常惨烈的战斗叫关家垴战斗。我们做红色研学时，在山西武乡工作的人员接待过一个 90 岁的老妈妈。老妈妈拿着一双新鞋子来找她的儿子，说她的儿子当年参军出门的时候，脚上的那双鞋子是破了的。她从儿子出门起就一直在找他，三四年前她确定了她的儿子在关家垴战斗中牺牲了。于是，她就买了一双新鞋子，想把儿子接回家。但是那场战斗太过惨烈，战斗结束后同志们去打扫战场时发现，牺牲了的战士层叠堆积，无法一个一个地竖起墓碑掩埋，只能挖一个大墓坑，将战士们的尸首埋在了一起。所以，最后这位老妈妈还是一个人回去了。

听到这个故事的时候，我想起诗人洛夫写过的一首诗叫《顿悟》（洛夫先生于2018年去世）。《顿悟》中有这么几句：

许多碑
许多名字
许多在泥中握着的手
许多脸
许多脸上的含羞草
灰尘扬起而遮住视线

这首诗的标题叫《顿悟》，我不知道洛夫先生他想让我们顿悟什么。听到这个故事，想起这几句诗的时候，我想到遗忘在历史的时空中是一种常态化的存在。我们还可以举很多的例子，比方说在山西辽县麻田的十字岭战役，即左权将军牺牲的那场战役。后来为了纪念左权将军，辽县被改名为左权县。

十字岭战役是一场什么战役呢？

距离麻田镇十几公里，在山西和河北的中间，有个地方叫十字岭。当时，日军侵华总司令冈村宁次带了2.5万余人的精锐部队“围剿”八路军。当时，麻田的八路军总部兵力只有几百人，而要保护的是一个万余人的总部，这些人有后勤机关人员、大批的学生、各地来的新闻记者等，他们大都是非战斗人员，多数没有枪。这场战役从1942年5月24日深夜打响，2.5万余人对几百人的战斗僵持了10多个小时，一直打到了天亮。到最后，战斗双方甚至可以看到彼此的面部表情。当时的战场是坚固的黄土地，它被战斗的火炮整个轰起来一尺多厚的浮土。就在日寇觉得可以活捉这些人的时候，阵地上响起来一个声音：“有枪的留下，没枪的跳崖!”于是，那些学生、怀孕的母亲、戴着眼镜的学者等，他们先把骡马辎重推下山崖，然后自己跟着跳了下去。

新华社的记者云杉，曾专为这场战斗写过一篇报告文学叫《追我魂魄》。她描述这个场景时说，就像周天星辰缓缓滑落。她描写了一个细节——一位年轻的小伙子，眼睛特别大、特别黑，拉着一匹骡子经过一个战士身旁时，告诉这个战士说：“我是马来西亚人，我走了一万多公里，走了一个多月，来到这里打日本鬼子。”他接着往前走，前边就是悬崖。他回过头来跟那个战士说：“你替我打!”

在十字岭战役中到底牺牲了多少人，没有一个确切的数字。新华社在整个抗日战争中牺牲了110多位同志，仅在这场战役中就牺牲了40多位同志。而那些跳崖的人，人们几乎不知道他们的姓名。像这样的还有抗日战争中牺牲的几百万的将士。这些人中，我们能知道姓名的又有多少？

冯庭楷烈士被大家发现非常偶然。因为他留下了家书，而且这些家书一直被家里人珍藏着。2006年，冯庭楷烈士的侄子冯双平先生通过“抢救家书”活动，把自己珍藏的家书捐献，冯庭楷烈士才被大众所知晓。后来，经中央电视台、中央人民广播电台、《人民日报（海外版）》、《半月谈》杂志等媒体推广传播，我们才知道有冯庭楷这样一个人。但是，更多的人我们不知道他们的姓名，他们把自己的生命献给了祖国母亲，却不为我们所知。

回头再读冯庭楷的这封家书，当中有个细节，他说：“回想当初从家门走出，在途中独行的我，心中是怎〔多〕么兴奋，但又是如何悲伤啊！爹娘呀，你这刚能扎〔展〕翅远飞幼稚的孩儿，从此就不能顾念到你们了。哥哥呀，我对爹娘应敬〔尽〕的一切，也完全交付你们了。”

冯庭楷离家的时候，一方面充满着希望，他觉得他要投奔一个有着光明前途的军队去，他要为这个国家尽一份力，这是他的责任。另一方面，他又觉得他把供养父母的重担留给了哥哥，心里有些愧疚。冯庭楷对自己的前途是自知的，他知道他可能会牺牲，他也接受牺牲。忠孝不能两全，冯庭楷在关键时刻选择了为国尽忠，把小家庭的责任留给自己的哥哥。他还说：“灾难深重的中国少衣无食者，不仅咱一家，弟这几年来正是为了自己，为了这饥寒的一群，奔波奋斗。”冯庭楷对革命是非常自觉的，他跟妈妈说："妈妈，我们应擦干自己的眼泪。我万一不幸为人民战死，那也无须乎〔呼〕哭。你看疆场上躺着的那些死尸那〔哪〕一个不是他妈妈的爱儿?"

那些年轻人为了心中的希望血洒疆场，他们到底值不值得?当我们看到这封信的时候，我们会为这样的问题而感到羞愧。有一本书叫《非常道：1840—1999 年的中国话语》，作者是余世存。在这本书里摘录了很多小故事，其中一则是抗日战争时期有个记者碰到一位要到河北去建立游击队的军人，他就问这位军人：

"你对这场战争是怎么看的呢?"

这位军人说："这场战争我们必然是要胜利的，这个是毫无疑问的。"

他又问："到胜利的时候你准备干什么?"

军人回答："那会儿我肯定已经战死了，我们军人都应该在这场战争中战死。"

还有一则故事是前些年热播过的一个电视剧《人间正道是沧桑》。其中有一个共产党人叫瞿恩，他跟他的学生有这样一句话：我们实现理想有两个途径，第一，我们实现了自己的理想；第二，理想通过我们得以实现。他不期望自己来享受革命的成果。革命者的理想就是这样的。

云杉的报告文学《追我魂魄》刊出以后，评论家史航评价了这件事，他说："如果后世的子孙不能仰面体察，这烈士牺牲的光亮几乎为黑暗与遗忘共噬。"

我们没有权利忘掉历史。不忘初心，牢记使命，中国共产党人的初心和使命，就是为中国人民谋幸福，为中华民族谋复兴。

1949 年 9 月 30 日，开国大典的前一天，中国人民政治协商会议第一届全体会议为号召人民纪念死者，鼓舞生者，特决定在中华人民共和国首都北京建立一个为国牺牲的人民英雄纪念碑。纪念碑的正面就是毛泽东书写的“人民英雄永垂不朽”八个大字，背面是毛泽东起草，周恩来题写的碑文：

三年以来，在人民解放战争和人民革命中牺牲的人民英雄们永垂不朽！

三十年以来，在人民解放战争和人民革命中牺牲的人民英雄们永垂不朽！

由此上溯到一千八百四十年，从那时起，为了反对内外敌人，争取民族独立和人民自由幸福，在历次斗争中牺牲的人民英雄们永垂不朽！

我以毕生至诚敬谨请求入党

——续范亭写给毛泽东和中共中央的信

（1947 年）

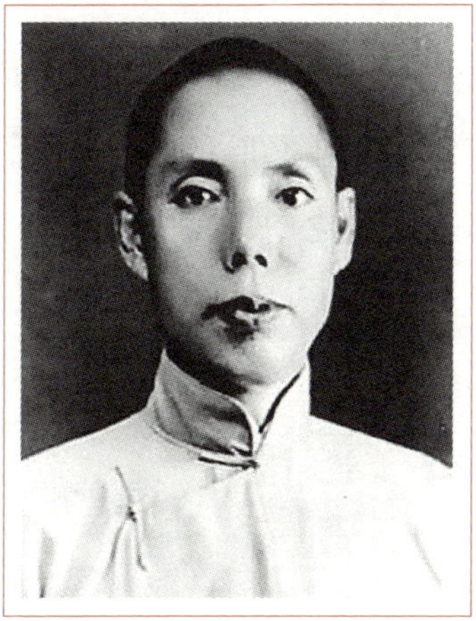

续范亭

续范亭，山西崞县（今原平市）人。著名的抗日爱国将领，早年参加孙中山领导的中国同盟会。1935 年，因不忍目睹国家民族陷于危亡，赴南京呼吁国民党团结抗日，在中山陵前剖腹明志，震动全国。后来，他又与贺龙、关向应并肩战斗，建立抗日革命根据地，开展抗日游击战争。

【读家书】

读信人：郭韬

郭韬，山西广播电视台综合广播主持人、配音员。山西省朗诵艺术协会理事，“全民悦读”全国声音公益大使。多次获省部级、国家级奖项。

扫码听家书

这是一封特殊的入党申请书。1947 年 9 月 12 日，续范亭将军带着对中华民族解放事业必胜的信念走完了光辉的一生。临终前，他给毛泽东主席和党中央写了一封书信，正式提出加入中国共产党。1947 年 9 月 13 日，中共中央从延安发电，追认续范亭为中国共产党正式党员，并评价“以此引为本党的光荣”。

书信原文：

敬爱的毛主席和中共中央：

范亭自辛亥以来，即摸索为民族和人民解放的真理，奋勇前行，在几经波折之后，终于认清了只有中国共产党领导的革命道路，才是中华民族和中国人民彻底解放的道路。七七抗战之后，即欣然接受领导，参加晋西北抗日民主根据地的抗战建设工作，想从此更好为人民服务，以偿平生夙愿。

孰料范亭方奋力以赴之时，竟以身染重病，去延休养。在延数年，蒙党百般爱护，尤觉欣幸者，得以时常聆听毛主席和中共中央的教导。范亭奋斗一生，始于今日目睹解放区广大人民的真正翻身，真正看见了新中国的光明前途，每自不禁感奋，热泪夺眶而出。屡欲请求入党，作〔做〕一名革命军的马前卒，以终余年，但以久病床褥，迄未提出。

现范亭已病入膏肓，恨不能亲睹卖国贼蒋介石集团之行将受审，美帝国主义之滚蛋，与全中国人民之彻底解放，是为憾耳。范亭数年来愧无贡献，然追求真理之志未尝一日或懈也。

在此弥留之际，我以毕生至诚敬谨请求入党，请中共中央严格审查我的一生历史，是否合格，如承追认入党，实平生之大愿也。

专此谨致

布尔塞维克的敬礼！

续范亭

【品初心】

拆信人：李平

李平，“老家山西”自媒体创始人之一，编著有《一条路一座城》《寻找晋商家园》《在那东山顶上》等多部著作。

烽火年代，续范亭做过的最让国人敬佩的一件事，是在中山陵前剖腹明志，敦促蒋介石政府团结抗日。之后，他慢慢地接受了共产主义。1940 年冬，日军对晋西北根据地实行残酷的大“扫荡”，续范亭率行署机关日夜转战，积劳成疾，但他以惊人的毅力靠在病榻上批阅公文，处理紧急事情。由于病情不断恶化，中共中央决定让他到延安医治。在延安期间，他一面养病，一面继续以奋不顾身的精神为抗日救国做了大量的工作。1947 年，胡宗南进犯延安，续范亭随陕甘宁边区党政军机关分散撤离，在行军途中病情加剧，于 9 月 12 日病逝于山西临县。他在弥留之际，给党中央和毛主席写了一封入党申请书，“以毕生至诚敬谨请求入党”。他在生命垂危之际，想到的事情仍是入党。党中央收到他的入党申请书后，立即接受了他的请求，于 9 月 13 日追认他为中国共产党正式党员，“并以此引为本党的光荣”。

在这封信中，续范亭说：“范亭自辛亥以来，即摸索为民族和人民解放的真理，奋勇前行，在几经波折之后，终于认清了只有中国共产党领导的革命道路，才是中华民族和中国人民彻底解放的道路。”续范亭病逝后，毛泽东亲自写了挽联：“为民族解放，为阶级翻身，事业垂成，公胡遽死？有云水襟怀，有松柏气节，典型顿失，人尽含悲！”续范亭将军剖腹明志，呼吁全民抗日，在那个年代感动和鼓舞了许多人。

续范亭自辛亥革命以来，就开始摸索为民族和人民解放的真理。他的一生由爱国主义走向了共产主义，从旧式军人成为跟随时代潮流勇进的革命斗士。

为了抗日，剖腹明志

续范亭是一名抗日英雄，他在《告民众书》中说：“余今已绝望，故捐此躯，愿同胞精诚团结，奋起杀敌。”为国而死是一名军人的本分，但是续范亭以这样的方式来敦促全国抗日，“其举动之壮，真可以惊天地而泣鬼神”。

在中国，以死相谏在历朝历代中，虽非车载斗量，但也不绝于史书。从1894年中日甲午战争爆发，一直到民国这段时间就有几个例子，如国民党军官蒋百里。

蒋百里是一个通才，在抗日战争中，他的军事思想影响并造就了无数的国民党军官。1910年，蒋百里从德国留学归来，不久，辛亥革命爆发。1912年，他被袁世凯任命为保定陆军军官学校校长。在当时，保定陆军军官学校是中国陆军学校中最高等的学校。清末民初，全国兴起练兵热，按当时的规划，每个省都要办一所军事小学，相邻的几个省办一所军事中学。当时全国共有四所军事中学，其中最高军事学府设在保定，即为保定陆军军官学校。蒋百里任保定陆军军官学校校长时刚刚30岁，而立之年就成为全国最高军事学府的掌门人，是一件值得骄傲的事情。上任第一天，他就召集全校师生训话，他说：“我此次奉命来掌本校，一定要使本校成为最完整之军校，使在学诸君成为最优秀之军官。将来治军，能训练出最精锐良好之军队。我当献身这一任务，实践斯言！万一不效，当自戕以谢天下！”

蒋百里大力改造保定陆军军官学校，以段祺瑞为首的旧派军人对此极为仇视，他们设置种种障碍阻止蒋百里计划的实施。过了一段时间，蒋百里召集全校师生开会说：“现在看来，你们一切都还好，没有对不起我的事。我自己却不能尽校长的职责，是我对不起你们……”训话结束后，他让学生立正不动。就在此时，他突然拔出手枪，对准自己的胸膛开了一枪。多亏送医及时，蒋百里才保住了性命。

蒋百里任保定陆军军官学校校长期间，续范亭是这个学校的学生。所以续范亭后来剖腹明志，可能多少受蒋百里的影响。因为续范亭和蒋百里一样，能文能武，既有文化人的儒雅，又有军人的果决。他们事不避难，义不逃责，用行动践行了自己的诺言。

1935 年秋，续范亭在中山陵前剖腹自戕，呼吁抗日。当时，他以老国民党员和西北地区代表身份前往南京，参加国民党第五次全国代表大会。可是，他在南京看到的却是歌舞升平、追名逐利，真是“商女不知亡国恨，隔江犹唱后庭花”。续范亭非常悲愤，和他志同道合的朋友建议他到中山陵前“哭陵”，以表达愤怒。续范亭说：“大丈夫流血不流泪，只有用热血才能把这些败类冲到人类行列之外！”

当时，他说这句话的时候，大家也都没太在意。结果，12 月 26 日这天清晨，续范亭穿着整齐，叫了一辆黄包车疾驰至中山陵。到了下午，朋友们还没见他回来，回想起他昨天说的话，感到不好，匆忙赶往中山陵，发现续范亭在中山陵前自戕，腹部已被他自己剖开一个大口子，人已昏倒在血泊中。大家急忙将他送往医院抢救，人虽救活了，但是从此以后他的身体就很难恢复。1947 年，续范亭在他 57 岁时，为国捐躯。

续范亭剖腹明志一事传出后，国民党当局大为震恐，马上封锁了消息。直到后来，消息封锁不住了才被迫登出“中将续范亭因忧国忧民，在中山陵前剖腹自杀”的消息，却仍不提要求抗日一事。虽然这次血的控诉未能达成全国一致抗日的局面，但是他的壮举极大地鼓舞了全国人民的抗日热情。

最终选择了中国共产党

续范亭的一生与四个人联系紧密，他们分别是阎锡山、冯玉祥、蒋介石和毛泽东。通过和这四个人的交往相处，他最后选择了中国共产党。

续范亭和傅作义是同学，他们曾一起去日本接受军校模式的训练，并加入了中国同盟会。辛亥革命爆发时，他和他的族兄续西峰，在晋西北策动太原、原平等地新军起义。当时只有18岁的续范亭被任命为镇远队长，率一个营为先锋在风雪中远征500里攻入大同，并与清军在大同对峙了40天。经此一战，续范亭扬名山西军界。

中华民国成立后，山西由阎锡山主政。当时，以续范亭的资历，如果留在政界或军界，前途必定远大。但是，续范亭看不惯阎锡山的做派，辞职返乡办起了小学。

1927年初，冯玉祥在西安接受共产党人刘伯坚的建议，学习黄埔军校的办学方式，兴办国民联军军事政治学校，请续范亭出任校长。但是他看到冯玉祥反复无常，尤其对共产党人出尔反尔，非常愤怒。于是，他又辞去了校长职务，回老家崞县长期隐居。

1931年，九一八事变后，续范亭深感国难当头匹夫有责，便出山呼吁抗战。但他在知晓了蒋介石政府的真相之后，心如死灰的他，对国民党当局再也不抱任何期望，从此与蒋介石决裂。

续范亭和毛泽东算是惺惺相惜，在很大程度上是毛泽东的个人魅力影响了他。后来他用其所见所闻来检验中国共产党的纲领，才觉得中国共产党是值得他终生为之奋斗的党。

以实际行动抗日

1939 年，蒋介石掀起了第一次反共高潮。阎锡山充当反共急先锋发动了“十二月事变”（也叫“晋西事变”），密谋消灭晋西北的抗日武装。面对阎锡山对八路军的恶毒污蔑，续范亭写下了《寄山西土皇帝阎锡山》的五千言书，痛批阎锡山勾结日军的丑恶行径。他还亲赴八路军第一二〇师第三五八旅通报情况，研究对策，并参与指挥反击国民党顽固派的战斗。这是他和阎锡山的又一次猛烈交锋。

在这次交锋中有两个小故事。一个是阎锡山准备发动袭击八路军的“晋西事变”时，派亲信赵承绶去向续范亭传达军令。但是，他的计划百密一疏，赵承绶与续范亭在陆军小学时就是同学，而且 30 多年来一直都是好朋友。因此，赵承绶并没有特别提防续范亭，下达完命令便和别的将领去研究军情了。趁这个机会，续范亭骑上战马直奔八路军第三五八旅旅部通报了这一紧急情况。

另一个是赵承绶发现续范亭去通报情况后，马上派兵围攻三五八旅。当时，八路军在晋西北的兵力不多，续范亭便把阎锡山给他的队伍——暂一师拉上去阻拦晋绥军。阎锡山的先头部队由续范亭的侄儿续靖夫任师长，当续靖夫发现是叔父的部队拦在前面时，一时不知所措，只好扭头后撤，为八路军阻击赵承绶部的进攻赢得了非常宝贵的时间。

拥护、爱戴毛主席

毛泽东与续范亭同于1893年出生，革命志向相同，交往密切。现中央档案馆保存着毛泽东在延安时写给续范亭的14封信，封封情真意切。续范亭发自内心地拥护和爱戴毛主席，曾挥笔写下一首诗《赠毛主席》：

领袖群伦不自高，
静如处子动英豪。
先生品质难为喻，
万古云霄一羽毛。

关于其中第三句“先生品质难为喻”，续范亭解释说：“拿毛主席比喻历史上哪个人好呢？无产阶级革命领袖同历史上一切伟人都有本质的不同。关于这一点，斯大林有句名言——当一名记者问斯大林，列宁同彼得大帝相比，谁更伟大时，斯大林回答说，如果说列宁是大海的话，彼得大帝就是沧海之一粟。”续范亭以此来表达他对毛泽东的敬仰之情。

九一八事变后，愤于国民党政府实行“先安内而后攘外”的政策，续范亭1935年在南京中山陵前剖腹明志，意图以死来唤起国人抗日。续范亭的精神可以用谭嗣同当时说过的一句话来总结：“各国变法，无不从流血而成，今中国未闻有因变法而流血者，此国之所以不昌也。有之，请自嗣同始。”这是中国士大夫的气节和责任。续范亭亦是如此，在国民党反动派歌舞升平之时，如果需要用鲜血来唤醒政府，带领民众团结抗日，走向独立自主，那么就从我续范亭开始。

之后，他的身体一直不太好，毛泽东便派人将他接到延安养病。

续范亭在延安待了 6 年。1942 年，毛泽东发表了《整顿党的作风》和《反对党八股》。延安各机关开展了整风运动，掀起了学习中央规定的二十二个必读文件的热潮。续范亭在延安期间，像学生一样如饥似渴地读各种马列著作，积极投身于整风运动中。看完整风运动文件，续范亭在一首诗中写道：“出生小资产，变体多油腻。二十二文件，是我新武器。”

毛泽东看到他的这首诗后，到他休养的地方找他谈心。续范亭兴奋地说：“这二十二个文件好极了，通过整风运动，党的作风一年之后一定会大变。”毛泽东笑着回答：“我可没你那么乐观。党的作风的转变，没有那么容易，有很多困难。我们党从成立以来，在政治上建党，有纲领；在组织上建党，有党章；可在思想上建党呢？长期以来没有建好，多次犯‘左’、右倾机会主义的错误，可见思想上建党之难。处于幼年时期的我党，就像一群小孩子赶一辆牛车，目标是清楚的，但路线怎样走却都不知道。取得点胜利就头脑发热，拼命地抽鞭子，结果翻了车。翻了车怎么办？一个孩子把另一个孩子推到一边，说还是我来赶。可又不认真吸取教训、端正思想路线，结果还是拼命抽鞭子，还是翻车。我们的思想路线就是把马克思主义的普遍真理同中国革命的实际相结合，就是要实事求是，从实际出发。我们当前开展的整风运动，就是要解决这个问题。因此，整风若能一年初见成效，三年大见变化，我就很满意了。”听了毛泽东主席恳切而深刻的畅谈，续范亭的心情激动不已，陷入深深的思索之中。

续范亭既是一位无畏的爱国勇士，又是一位特殊的爱国诗人。他很爱读书，尤其爱读文学和哲学方面的书。在延安时，续范亭与“延安五老”（董必武、徐特立、吴玉章、谢觉哉和林伯渠）情深意笃，他们互相赠诗，共勉共进。

在人们的印象中，文人通常都比较柔弱，但是续范亭不一样，他很刚强，他不仅是一个文人，更是一个军人。兼具文人和军人气质的人，在古代叫士，可以随时把自己的一切献给国家、献给民族。续范亭就是这样的士，为了民族和人民的解放，不断探索，几经波折，终于找到了彻底解救中国的道路。他是不怕黑的勇士，他将手中的火种点燃，给黑暗中的人们带来了光明。

我有必胜和必活的信心

——江姐的托孤家书

（1949 年）

江姐

江姐，名叫江竹筠。1920 年出生于四川自贡大山铺江家湾，毕业于四川大学。1939 年加入中国共产党。1945 年与彭咏梧结婚，后负责中共重庆市委地下刊物《挺进报》的组织和发行工作。1948 年 6 月 14 日，江竹筠在万县被捕；1949 年 11 月 14 日，被国民政府军统杀害于渣滓洞监狱内。“江姐”是同志们对她的敬称。

【读家书】

在重庆三峡博物馆中，珍藏着一封江竹筠的家书。这封信的写作时间是 1949 年 8 月 26 日，写作地点是渣滓洞监狱。在狱中，笔墨纸张都难以寻觅，江竹筠就将衣被中的棉花烧成了灰，加上清水，调和成特殊的“墨汁”，再把竹筷子磨尖，蘸上“墨汁”，将信写在了如厕用的纸上。

很多人都知道江姐是一个大无畏的人，通过这封信，我们能看到江姐的另一面。因为这是一封托孤信，江姐要把 3 岁的儿子彭云托付给竹安弟。竹安弟并不是江竹筠的弟弟，而是江竹筠丈夫彭咏梧前妻的弟弟——谭竹安。这到底是怎么回事呢？让我们一起穿越时空，来看她写给谭竹安的信。

家书原文（节选）：

竹安弟：

友人告知我你的近况，我感到非常难受。幺姐及两个孩子给你的负担的确是太重了，尤其是现在的物价情况下，以你仅有的收入，不知把你拖成甚〔什〕么个样子……苦难的日子快完了，除了希望这日子快点到来以外，我甚〔什〕么都不能兑现。安弟！的确太辛苦你了。

我有必胜和必活的信心。自入狱日起我就下了两年坐牢的决心，现在时局变化的情况，年底有出牢的可能……假若不幸的话，云儿就送你了……

孩子们决不要娇养，粗服淡饭足矣。幺姐是否仍在重庆，若在，云儿可以不必送托儿所，可节省一笔费用。你以为如何？就这样吧，愿我们早日见面。握别。祝你们都健康。

竹姐

八月廿六日

江姐家书

很多人都看过电视连续剧《潜伏》，剧中余则成和翠萍两个人是党组织安排的假夫妻，他们在革命工作中渐渐萌生出了革命的情谊。江姐和彭咏梧就像《潜伏》里的这么一对夫妻。彭咏梧原本有个妻子叫谭正伦，当时有消息称，他的妻儿在敌人的轰炸中牺牲了。

1946 年，彭咏梧在街上遇到了谭竹安，才知道自己的妻儿还活着。谭竹安无法接受姐夫和江姐结婚这一事实。不久，谭竹安到地下党组织的联络点去联系工作，接待他的竟然是江姐。面对眼前这个出言不逊的小伙子，江姐说，如果革命胜利了，我们都还活着，我会把你姐夫还给你姐姐。这坦诚的言辞，让谭竹安对江姐心生敬意，从此二人便以姐弟相称。

信中的“幺姐”正是彭咏梧的前妻谭正伦。在写信的那一刻，江姐除了革命必胜的信念，还有要出去见见儿子的想法。她是多么希望能够陪伴着儿子成长。江姐走向刑场的时候，她把自己的梳子、牙刷、口杯……所有能送的东西都送给了其他难友，身上唯一带着的就是自己儿子彭云的照片。

在写下这封信的第二个月，江姐英勇就义。江姐的丈夫彭咏梧也在 1948 年的一次战斗中牺牲。谭正伦冒着白色恐怖的威胁，带着幼小的彭云躲过了一次次的劫难，最终将彭云养大成人。不仅是谭竹安，彭咏梧的发妻谭正伦也接受了江竹筠，接受了彭咏梧与江竹筠的儿子彭云。根据彭云回忆，1947 年 10 月，母亲给谭妈妈（谭正伦）写了一封信，这封信不但将一切和盘托出，还嘱托谭妈妈尽快来重庆照顾他。

那是彭云的两个妈妈唯一的一次通信。1948 年 2 月，谭正伦冒着白色恐怖的威胁来到了重庆，从江姐的战友手中接过不到两岁的小彭云。此后直到重庆解放的近两年时间里，谭正伦带着彭云躲过一次又一次劫难，使敌人抓捕彭云、威迫江姐就范的阴谋没有得逞。

庸俗的人只能看到谭正伦、彭咏梧和江竹筠的情感纠葛，在八卦谈资中满足低级趣味的窥私欲。他们没有看到特殊的时代背景和险恶的革命环境，理解不了这段情感的真挚和伟大。《潜伏》里有一句台词是江竹筠和彭咏梧这对革命伴侣最好的写照：革命的爱情分外浪漫。谭正伦含辛茹苦把彭云抚养长大，这份包容和付出同样伟大！

【品初心】

拆信人：金汝平

金汝平，山西财经大学文化传播学院教授，诗人、评论家。出版有《乌鸦们宣称》等诗集，著有长篇散文诗《死魂灵之歌》、评论《关于诗及诗人的随想》等多篇。

扫码听家书

1949 年，中华人民共和国成立以后，中国共产党对英雄人物进行了大力的宣传。江姐属于 20 世纪六七十年代反响特别强烈的一个英雄形象，在她的身上体现了人们当时对英雄人物的评价和鉴定。

什么是英雄人物？我们经常说乱世出英雄。那么，在我们的思想观念中，在我们的事业中，什么样的人才能称之为英雄？

这在好多人的心中是模糊的。当时，人们对于英雄有一个比较稳定的概念：他们超越了人的狭隘、自私的心理，在一个国家、一个民族生死存亡之际，敢于挺身而出、做出选择；他们所坚持的理想信念是敢于牺牲自己的生命；他们把小我融入大我中，为中华民族的崛起，在民族危难之时奉献出自己的青春甚至生命；他们为祖国、为人民、为社会、为人类做出了贡献。这就是英雄。

从这个意义上讲，我们完全可以把像江姐这样的女性称为侠女。她面对死亡表现出来的那种蔑视和坚定，面对恐惧所表达出来的那种忠诚，她都做出了很好的选择。这种选择在今天看来，也非常震撼人心，我们很多人都无法企及。

今天我们穿越时空，去理解另一个时代的人，可能会有障碍。比如，今天在涉及男女这种复杂的情感的时候，人们表现的更多的是一种自我排斥的心理。甚至一些青年男女，囿于爱情的狭隘和自私，做出一些非理性的举动，剥夺他人的自由和生命。但是，读了江姐的这封信，我们会看到她身上散发出来的光芒。

按我们今天的理解，这封信是江姐写给她的革命伴侣前妻的弟弟的。她和她的革命伴侣彭咏梧的前妻，在情感上是一种敌对关系，不但不可能发生更深刻的交往，而且很可能是一种仇恨、排斥的情感。但实际上，在她面对死亡时，在她感到自己很难活着走出去时，她想到了自己的孩子。把自己的孩子送给谁才能安心？江姐想到的却是她丈夫前妻的弟弟。这种复杂的关系，这种道德上如此崇高的品质，在今天看来是很难达到的，甚至今天的好多人会觉得不可思议。而且，谭正伦为了这个孩子，躲过了一次又一次的灾难，逃脱了一次又一次的追捕，把这个孩子抚养成人。这种在枪林弹雨中表现出来的无私、博大的情感，在今天看来就是一个传奇。

需要比他人更耐苦更努力

——徐特立写给女儿徐静涵的一封信

（1949 年）

徐特立

徐特立是一位德高望重的老一辈无产阶级革命家、政治家，杰出的社会活动家，他与董必武、林伯渠、谢觉哉、吴玉章等老同志在党内被尊称为“延安五老”。

徐特立的名字曾经令亿万人尊敬，不仅因为他曾经是毛泽东的老师，而且在于这位老战士本身就有着非凡的传奇经历。中共中央在致徐特立七十寿辰的信中称，他的道路“代表了中国革命知识分子的最优秀传统”。

【读家书】

读信人：黎敏

黎敏，山西省朗诵艺术协会会员，多家平台特邀主播，长期从事党群工作，曾任本单位机关党支部书记、工会主席等职，热爱朗诵，致力于以诵读净化心灵、用声音赞美生活，努力为社会传播正能量。

扫码听家书

1949 年 8 月，徐特立给女儿徐静涵写了一封书信，告诉她父女分别后家庭的变故，并鼓励她通过努力，使工作取得进步。尤其是他不容置疑地告诉女儿，“如果需要我党录用，那么需要比他人更耐苦更努力”，体现了老一辈无产阶级革命家严格的自律精神。

家书原文：

静涵吾儿：

七月十五日信收到，二十二年来未得到你信。一九二八年我在上海探听你因写标语下狱，一九二九年在莫斯科又有人告诉我你和夏某到了长沙，抗日初我回家你母也不知道你的下落。我估计你已不在人世了，因为抗战前后我们的党已在南京、上海、汉口公开，但未见你向我党探问，又无家信。忽然接到你的信，也只十数行，你何时与铮吾[1]结婚，你们的职业若何，生活状况若何，是否生有儿女，一字未提。是否你已写信给你的母亲，你的母亲是否尚在人世，我不知道，也未见你提及。厚本[②]在一九三八年秋患肠热症，死在医院，至今十一年了，你母还不知道，所有亲戚朋友都瞒着她，恐怕她忧郁成神经病。一九二七年笃本[③]之死，你母十年神经昏乱，不能再加刺激。你如写信回家，不宜言及你弟之死。厚本和刘氏女[④]结婚生了一女儿，刘未改嫁，改从夫姓名徐乾，已加入了我党八年，由一家庭妇女成了一知识分子。你妹柏青[⑤]与卢姓[⑥]结婚，已男女成群，虽在高小毕业，文字和知识都不及徐乾远甚，不能独立生活。

一九二八年我到上海你正在狱中，我以为你如果不是共产党也是一个革命的群众，今接你的信没有一字谈及，希望你把二十年来的生活、工作、学问写信告我。你们夫妇谅有职业，可不来北平。你是否回家来信未提及，你如有职业不可轻脱离，回家后需要仍能到现在的岗位工作。我已七十四岁，每天还要做八小时以上的工作，生活费公家尽量给我，但时局艰难我不敢多开支，所以我不望你北上。你们夫妇既能在上海大城市生活，谅有谋生之技能，或到长沙或仍在上海均好。你们如果需要我党录用，那么需要比他人更耐苦更努力，以表示是共产主义者的亲属。事忙不暇多写，祝你们夫妇进步、健康，做一个共产党的好朋友一直加入党为盼。

特立

八月

◎**注释：**

①铮吾：指陶铮吾，徐静涵的丈夫。

②厚本：指徐厚本，徐特立的儿子。

③笃本：指徐笃本，徐特立的儿子。

④刘氏女：指刘萃英，徐厚本之妻，1940 年改名徐乾。

⑤柏青：指徐柏青，徐特立的女儿。

⑥卢姓：指卢振声，徐柏青的丈夫。

【品初心】

拆信人：李平

李平，“老家山西”自媒体创始人之一，编著有《一条路一座城》《寻找晋商家园》《在那东山顶上》等多部著作。

徐特立写给他的女儿静涵的这封书信，是两人离别 22 年后的第一封信。按常理，两人该是欣喜若狂。但是，当我们第一次读到这封信的时候，会觉得徐老似乎不近人情。父女两人 22 年未曾相见、生死未卜，信中讲的不是如何快快相见，而是如果没什么事情，就别来北平了，他的工资也不好养活他们。

但是，仔细品读，我们还是能从这看似不近人情的话语中，读出徐老的深情。我们读这封信时，首先要注意的是徐老在用淡笔写深情。他说：“静涵吾儿，七月十五日信收到，二十二年来未得到你信。”我们可以想象，22 年没有音讯的女儿突然有了联系，徐老当时定是心潮澎湃。徐老收到这封信的时候，已经是 74 岁高龄。但是，即便 74 岁的他已见惯了生离死别，在他写下“七月十五日信收到”这句话后，仍忍不住再加了一句“二十二年来未得到你信”。徐老喜悦和感慨之情，从这一倒装句上表现了出来。

然后，徐老接着写到，他是1928年在上海听说女儿因写标语而下了狱；1929年在莫斯科又听说女儿和夏某到了长沙；抗日初期他回家，妻子也不知道女儿的下落，估计女儿已经不在人世了。这几句话，一句一顿，失女的痛楚从1928年到他接信之时，22年中不知折磨了他多少遍。

还有一处也能说明徐老的深情：“忽然接到你的信，也只十数行，你何时与铮吾结婚，你们的职业若何，生活状况若何，是否生有儿女，一字未提。”他在第一段这样写。最后一段他又写道：“今接你的信没有一字谈及，希望你把二十年来的生活、工作、学问写信告我。”徐老反复要求女儿将她22年来是怎么过的来信说明，这也说明徐老对女儿的牵挂和思念。

徐老作为一名革命者，可能没有太多的柔情，但是他对女儿的关爱，从他的看似平常的字句中能读出一二。

严格的自律精神

父爱如山，徐老的这封书信看似有些不近人情，实则体现的是共产党人先人后己的政治理念。他在信中对女儿女婿未来的发展提出了严格的要求。他要求女儿女婿珍惜现有的职业，鼓励他们继续在上海或者到长沙工作。但是，徐老也提出，时局艰难，为不增加开支，建议女儿不要北上。这是徐老生活的真实写照。

1940年，徐老在延安时，被时任陕甘宁边区政府主席林伯渠任命为延安自然科学研究院院长。当时，林伯渠亲自将自然科学研究院的校址选在了延安南门外杜甫川沟口，北邻西北局，西接光华农场，环境十分优美。但是，这个地方同时被贺龙看中了，他想在此处为老同志们建一所疗养院。贺龙和徐特立革命情谊深厚。1927 年，大革命失败后，在不少共产党员叛变脱党时，徐特立却以 50 岁高龄入党，并要同贺龙一起上山打游击，后来因为身体情况未能跟随。贺龙深知徐老的品行和工作作风，于是绕着弯子请徐老吃饭。徐老知他用意，坚决不去，结果这事就作罢了。

徐特立的清廉，还有一件事可以佐证。1937 年，抗日战争全面爆发，徐特立被中共中央派往长沙建立八路军驻湘通信处，一时城内轰动，每日前来拜访探望者数以百计，其中不少还是亲朋故旧。徐特立热情地向他们宣传党的政策，终日长谈，不过为节省办公经费，只招待茶水。他在那里待了两年，只用公费请法国记者吃过一顿便饭，共花了 5 块钱的招待费。当时，长沙城内国民党高官衣装笔挺，出入乘车。徐特立却终日身穿八路军粗布军装，撑一把雨伞，徒步在城中奔走，不识者多以为是军中老伙夫。一次，湖南省国民党主席张治中请徐特立到他的官衙商量事情，徐特立走到省政府门口，门卫拦住说："今天张主席会见八路军代表，别人免进。"徐特立称自己便是，门卫打量了一番，全然不信，竟把他轰走。张治中久等不至，派人再去八路军办事处相请，得知原委后，对比国共两党作风，对共产党人更为钦佩。

性情刚烈，特立独行

徐特立还是一个性情刚烈的人。他年轻时，在一所学校做爱国教育报告，讲到激愤之处，竟拿菜刀把自己的左手小指砍掉，蘸着血在墙上写下了：驱除鞑虏，恢复中华。写完后，他便昏倒在地。

徐特立为了教育事业，42 岁时报名前往法国勤工俭学。50 岁时，他又加入了中国共产党。当时，蒋介石与汪精卫密谈反共“清党”，大肆屠杀共产党人。就在此时，徐特立毅然决然地抛弃一切，冒着杀头的危险加入了中国共产党，成为一名坚强的共产主义战士。1934 年，徐特立又以 57 岁的高龄参加长征，坚持走完了全程。当红军胜利到达陕北时，徐特立已是年近 60 的花甲老人了。

中共中央为他两次祝寿

中国共产党一向不主张在党内为个人搞祝寿活动。但是，毛泽东和党中央为徐特立举行过两次公开的祝寿活动，一次是他六十寿辰，一次是他七十寿辰。

徐老六十寿辰时，毛泽东在延安窑洞里给他写了一封信。信中写道：“你是我二十年前的先生，你现在仍然是我的先生，你将来必定还是我的先生。当革命失败的时候，许多共产党员离开了共产党，有些甚至跑到敌人那边去了，你却在一九二七年秋天加入共产党，而且取的态度是十分积极的。从那时至今长期的艰苦斗争中，你比许多青年壮年党员还要积极，还要不怕困难，还要虚心学习新的东西。什么‘老’，什么‘身体精神不行’，什么‘困难障碍’，在你面前都降服了……你是处处表现自己就是服从党的与革命的纪律之模范……你是革命第一，工作第一，他人第一……你总是拣难事做，从来也不躲避责任……所有这些方面我都是佩服你的，愿意继续地学习你的，也愿意全党同志学习你……愿你健康，愿你长寿，愿你成为一切革命党人与全体人民的模范。”这封信写完以后，当天毛泽东就派人骑马涉过潺潺延河，星夜驰往保安，将信专程送到在那里主持中华苏维埃中央政府西北办事处教育部工作的徐特立手中。

1947 年 2 月 1 日，徐老年届七旬。中共中央决定再次为这位革命老人祝寿。毛泽东的题词是：“坚强的老战士——祝特立同志七十寿辰。”朱德的题词是：“徐老七旬大寿——当今一圣人。”

1966 年的国庆节，登天安门城楼时，徐老守在电梯旁等毛泽东，想倾诉自己内心的想法，但话还没来得及说出口，就被城楼下人群的高呼声给打断了。徐老此后身体日衰，难以外出，于 1968 年走完了他的一生。

“活到老，学到老”的楷模

徐老在给女儿的家信中还有一句话：“我已七十四岁，每天还要做八小时以上的工作。”这句话所言非虚。1949 年 10 月 1 日，徐老登上天安门城楼，亲眼看见了毛泽东升起第一面五星红旗，亲耳聆听了毛泽东庄严宣告中国革命的伟大胜利。这一年，徐特立已经72岁。在常人看来他可以颐养天年了，然而他却从不因年老而松懈，74岁时仍每天做八小时以上的工作。他对好友谢觉哉说，人一天没停止前进，就没有老，一旦停止前进就老了。为了勖勉和策励自己，他制订了一个20年学习和工作计划，作为晚年的奋斗目标。

徐特立在91岁高龄时去世，他一直工作到去世前一刻。从72岁到92岁，20年的工作计划只差一年完成。

壮哉徐老，革命荣光，愤世黑暗，以身矫枉。桃李遍天下，最识润之强。己身长求索，矍铄飘西洋。昔日老友曾写诗称赞徐老："平凡伟大马列真，一代师表启后昆。道德文章垂万世，堪称革命一完人。"这样一位教育家、一位革命者，用他的一生书写了传奇。

我这个官是“焦官”

——谢觉哉写给子女的信

（1950 年、1962 年）

谢觉哉

谢觉哉，字焕南，别号觉哉，亦作觉斋。中国共产党优秀党员、“延安五老”之一、著名的法学家和教育家、杰出的社会活动家、法学界先导、人民司法制度的奠基者。

著名电影导演谢飞是谢觉哉的儿子，他说：“对父亲的了解，晚了 40 多年。”当谢飞整理父亲的书信时，从那些已经泛黄、变脆的信函中，才慢慢读懂了父亲的一生。

【读家书】

读信人：李同生

李同生，现任山西省朗诵艺术协会副会长、秘书长，朗诵发烧友。崇尚革命英雄主义和革命浪漫主义作品，求德思诚。

扫码听家书

1949年10月，谢觉哉出任中央人民政府内务部长的消息传到偏僻的家乡后，乡亲们议论，穷山沟里出了大官，真了不起。家里人也想到北京谋个好前程，于是谢觉哉给在家乡的儿子写了下面这封信。

家书原文：

子谷①、廉伯②：

儿子要看父亲，父亲也想看看儿子，是人情之常。

刻下你们很穷，北方是荒年，饿死人，你们筹路费不易，到这里，我又要替你们搞住的吃的，也是件麻烦事。如你们还没起身，可以等一下，等到今年秋收后，估计那时候光景会好一些。到那时来看我，是一样的。打听便车是没有的，因为任何人坐车，都要买票。

你们会说我这个官是“焦官③”。是的，“官”而不“焦”，天下大乱；“官”而“焦”了，转“乱”为安。有诗一首：

你们说我做大官，
我官好比周老官[4]（奇才大老官）；
起得早来眠得晚，
能多做事即心安。

问你母亲好。

父字
一月廿一日

◎注释：

①子谷：即谢觉哉与原配夫人何敦秀的儿子谢子谷。

②廉伯：即谢觉哉与原配夫人何敦秀的儿子谢廉伯。

③焦官：湖南的一种方言，指不挣钱的官。

④周老官：姓周名奇才，是谢觉哉同村的一位勤恳的老雇农。

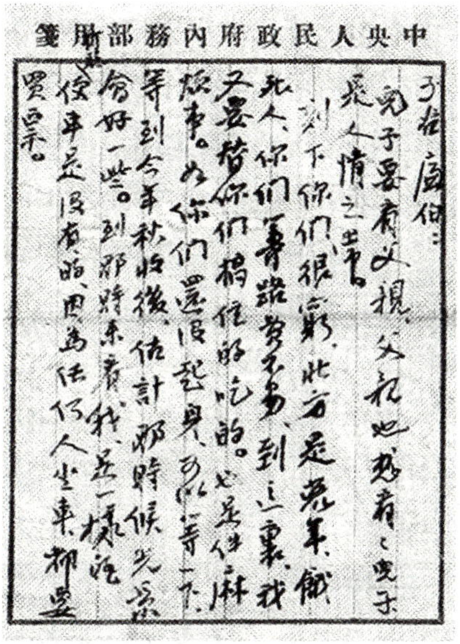

中央人民政府內務部用箋

子吾、廣仰：

兒子要看父親，父親也想看看兒子，是人情之常。刻下你們很窮，北方是荒年，餓死人，你們籌集路費不易，到這裏，我又要替你們租住的吃的，也是件麻煩事。如你們還沒起身，可以等一下，等到今年秋收後，估計那時候光景會好一些。到那時來看我，是一樣的。便車是沒有的，因為任何人坐車都要買票。

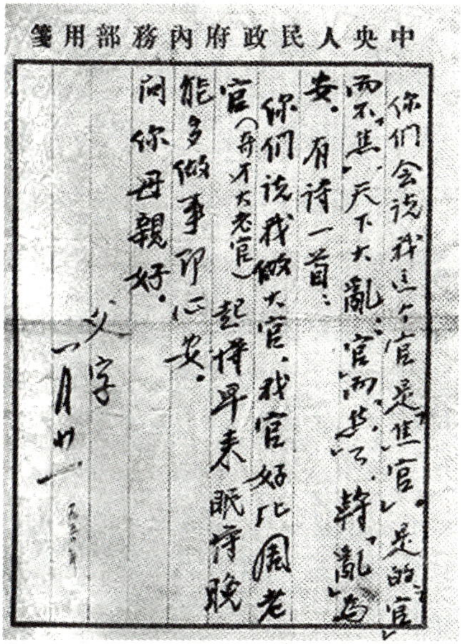

中央人民政府內務部用箋

你們會說我這個官是焦官。是的，官而不焦，天下大亂；官而焦之，時亂為安。有詩一首：

你們說我做大官，我官好比周老官（并不大老官）起得早來睡得晚，能多做事即心安。

問你母親好。

父字

一月廿一

谢觉哉家书

下面的这封信是1962年3月8日谢觉哉写给儿女的一封信。这封信很长，内容也很丰富，从吃、穿、住各个方面谈古论今，以自己和爱人的经历教育孩子，要求孩子思想上“看过去、看别人，要自己动手，对人宽、对己刻，爱惜东西”。

家书原文：

致子女：

一、看过去，看别人。

从搬家谈起，我不反对搬家。如果必要，房子要修理或让给别人住。我们可以搬到比这好或比这不好的地方去。

有一个观点必须改正：这个房子是很好的，不要因有点点子毛病，就叫嚷起来。应该知道：不论吃的、住的、穿的，好坏都是比较出来的。我们要看过去，看别人。

年纪大的孩子，你们住过延安的房子（定定①、飘飘②），住过乡里老家的房子（瑗③），到北京住过大四眼井的房子，内务部的房子，虽然都不坏，但哪里比得上现在住的房子。论吃与穿也要看过去。我家是地主，我又是有职业的人，我到北京才穿绸内衣，还是人家送的，手表我以前没有，现在你们穿绸内衣了，戴手表了，七七没有表，可能也会要了。皮鞋，我记得一九三七年去兰州搞统战工作，公家给我买了一双皮鞋，到北京为了接待外宾才买第二双皮鞋。那时我快七十岁了。你们小小年纪就穿皮鞋，且已穿过不止一双。我国出牛皮并不多，皮鞋供应怎能不紧张。

我们吃的，尚不大好，但已比过去好。我的老家是地主，吃得饱但并不那么吃得好。至于你妈妈的老家，靠替人推磨，靠做小生意，靠捡人家红薯，土里遗下的小红薯，有一顿、没一顿。你舅舅不是因没饭吃，小时候就跑到军队当勤务吗？你妈妈也不是因为穷才参加革命吗？那样的生活，你们是难以想象的。你妈妈要经常对你们谈谈。总之，看过去，我们现在的生活，已经是我们预想不到的了。

说到看别人，你们应知道现在还有成千上万的人吃不饱穿不暖，没有房子住。北京的生活，你们是看到了的：有的人一家子住在一间房屋里，农村中的老百姓有的一年吃不到油，北京市的居民也只分到四两油。鸡蛋、肉很难买到。你们舅舅那个院子里就是这样。

我们是共产党人，你们是共产党的子女。共产党是人民的勤务员，要帮助广大人民能过好日子，要工作在先享受在后，当广大人民还十分困难的时候，我们过着这样的生活，应该感到不安，而绝不应该感到不足。

我在某省招待所的房子里写的诗，有：“愿速化为千广厦，九州男妇尽欢颜。”因为住在那样好的房子里，不能不想起许多人民住的〔得〕破烂甚至还没有房子。“广厦”“欢颜”字眼，是杜诗上的，杜甫诗：“安得广厦千万间，大庇天下寒士俱欢颜。”杜甫思念的“天下寒士”，我们思念的是“九州男妇”，有范围的不同而已。

还有这样的两句唐诗："身多疾病思田里，邑有流亡愧俸钱。"有点像我的现在：老了，身体不健康，应该退休还乡了（上句）。现在人们还有不能安生的，我们每月却领高的工资。这都是人民身上来的，因而不能不有点惭愧。

你们妈妈给我作〔做〕新衣服，搞吃的，总说："你快八十岁了，还不穿点吃点？"我说："我们吃穿已很好了，再好就要过分了。"意思是指此。

你们好些是大人了，应该懂得道理：一、看看自己，看看广大人民，作个比较。二、人民培养了你们，你们将来怎样报答人民，即学习好本事，能做个好的人民勤务员。

享受要与过去比，与广大人民比，不要把将希望的事在现在少数的人实现；不能超过群众或超过太多。如超过或超过多了就要自己警惕。

二、要自己动手。

从买车票谈起，瑗儿的车票买重了，要退。原因是自己没亲自去买，为什么不去呢？是我有警卫员害了你们，害得你们车站的门向东向西，买票的排队情况，都不知道。

凡自己能做的事，都要自己动手。扫地、洗衣服、煮饭、炒菜、院子里挖土种菜，都要做，做惯了，就闲不住，身体也会强壮。你外婆是劳动人民，七十岁了，一早起床就找些事做，身体也很好。

我老了，在这方面不能亲自做你们榜样，但能做的我还是做。

三、对人宽，对己刻。

把难做的事给自己，易做的事给人家。要照顾别人困难，宁肯自己省些。讲个故事：长征时有个时期，我和徐老④不在一队，那个时候吃的〔得〕很困难。徐老遇着我，把他带的吃的东西，全部给了我（一共也不过二三斤）。要他留一点，他不肯，理由是他那个单位弄吃的还容易点（其实也并不容易）。徐老满六十时，我送他的诗：“是谁都束腹，赠我竟倾囊。”是指此事。很值得你们学习。

四、爱惜东西。

写毛笔要爱护毛笔。写完把笔洗洗，插入笔帽。要爱护书籍，看完要放回原处。要爱惜自己的衣服、鞋子、被褥、用品等，要知道“来之不易”。这些我以前说过，现在不多说了。今日讲的就是这些。

父

一九六二年三月八日

◎注释：

①定定：即谢宏，谢觉哉与王定国的长女。

②飘飘：即谢飘，谢觉哉与王定国的长子。

③瑗：即谢瑗，原名王桂芳，谢觉哉的养女。

④徐老：即徐特立。

【品初心】

拆信人：乔琰

乔琰，1991 年毕业于山西大学。曾任《山西商报》副总编辑。2016 年创办文化旅游类自媒体“老家山西”。主编有《寻找晋商家园》《一条路一座城》等图书。

谢觉哉写给子女的家书中讲道：“我们是共产党人，你们是共产党的子女。共产党是人民的勤务员，要帮助广大人民能过好日子，要工作在先享受在后……”这段话概括了谢觉哉对特权思想保持高度警惕的家风、家训。谢觉哉曾经说过，“求学做工要靠自己”“父母管不了许多”“读书是为着更加善于劳动生产”“立志气，肯劳动，才能解决问题”。谢觉哉的后人也将这样的家训铭记在心，身体力行。

可亲可敬的“老头”

谢觉哉是“延安五老”之一，其余四人分别是董必武、林伯渠、徐特立和吴玉章。“延安五老”是大家对这五位老同志的一种尊称，因为他们每个人都是德高望重的老一辈无产阶级革命家、政治家和杰出的社会活动家。

谢觉哉写过很多信，从信的字里行间，我们能感觉到一位可亲可爱的“老头”，像我们的妈妈一样教育我们应该怎么做，其形象跃然纸上。谢觉哉曾经模仿毛泽东同志的《沁园春·雪》写过一首《沁园春·为诸孩》：

三男一女，飞飞烈烈，定定飘飘。记汤饼三朝，瞳光灼灼；束修周载，口辩滔滔。饥则倾饼，倦则索抱，攀上肩头试比高。扭秧歌，又持竿打仗，也算妖娆。

一群骄而又娇，不盼他年紫束腰。只父是愚公，坚持真理；子非措大，不事文骚。居新社会学新本事，纵是庸才亦可雕。吾衰矣，作长久打算，记取今朝。

从这首词中我们可以看到一个可亲可爱的“小老头”，如何和他的子女相处，如何教育他的子女。比如说，孩子们小的时候，饿了就要吃饼，累了就请求父亲抱抱，然后父亲把他们扛在肩上，看看谁比谁高，还扭秧歌、玩打仗。后半段讲我这个当爹的就和愚公一样，坚持真理，没有很高的文采。你们一定要学习新本事，就算你们都是庸才，也是可以雕琢出来的，对社会有所贡献。通过这首词，一个可亲可敬的“老头”形象跃然纸上。

“干部子女可不能搞特殊”

谢觉哉的这封信是他写给子女的信中比较长的一封，信中列举了很多事例，谈到了做人应该怎么做，做事应该怎么做。我们看一个共产党人是不是廉洁奉公，可以看看他的子女，看看他的生活，看看他是不是为共产主义理想而奋斗。看看谢觉哉的子女后来都在从事什么工作，就能看出谢觉哉对他们的教育。

1958 年，谢觉哉（左）、吴玉章（中）、徐特立（右）在四川时的合影

谢觉哉曾经说：“干部子女可不能搞特殊。”这句话说起来简单，但对于常人来说很难做到，但谢觉哉做到了。他有个儿子叫谢放，在湖南老家。抗日战争全面爆发后，谢放卖掉了家里的一只母猪，换了一些盘缠跑到延安来找他的父亲。谢觉哉见到儿子，非常高兴，他告诫谢放：“来延安不是为了挣钱养家，而是要下定决心干一辈子革命，要具有全心全意为人民服务的思想。”1944 年 10 月，党中央决定派一支队伍从延安出发南下开辟湘鄂赣革命根据地，谢放报了名。临行前，谢觉哉给他写了 12 个字，“不惧、会想、能群、守纪、勤学、强身”。他时时告诫子女要联络群众，守纪律、勤学习等。

新中国成立后，谢觉哉出任中央人民政府内务部长。消息传到湖南老家，乡亲们议论着穷山沟里出了大官，家里人也都想着去北京找个好差事，安排个好工作。于是家里人就写信给谢觉哉请求给予“照顾”。谢觉哉写信劝他们不要来，他说：“你们会说我这个官是‘焦官’。是的，‘官’而不‘焦’，天下大乱；‘官’而‘焦’了，转‘乱’为安。”谢觉哉还说，他这个官儿和家乡村子里一辈子在地主家做长工的周老官一样，和贫下中农一样，每天早起晚睡，没什么特权，就是个干活的。

谢觉哉还有个儿子叫谢子谷。有一年，谢子谷从湖南来到北京，请求谢觉哉给安排个工作。谢觉哉对他儿子说：“全国刚刚解放，下头更需要人，你有文化，还是回家乡工作好。”于是，谢子谷回了老家，当了名教师，从事了教育工作。在家务农的大儿子谢廉伯，当了一辈子的农民，也提出参加工作的要求，谢觉哉则鼓励他：种田人还是要的。

谢觉哉在湖南老家的几个儿子，大部分务农，只有一个当了教师，后来又当了校长，校长当完后依然回到村里当农民。谢觉哉作为中国著名的无产阶级革命家、人民司法制度的奠基者、新中国成立后的中央人民政府内务部长，能够做到这些，值得当下每一个共产党人学习，学习早期中国共产党人廉洁奉公的革命精神。

工作中常捏“三把汗”

谢觉哉在教育子女方面，循循善诱、深入浅出，有自己的方式。同样，他作为社会活动家、法学界的先导、人民司法制度的奠基者，在司法领域更加严谨。

谢觉哉特别牵挂家乡。一次，他给家乡的县长、乡长写信。信中讨论什么呢？讨论的都是养猪、种稻、养鱼、林木保护、豆腐店、中小学生的劳动教育等，事无巨细，他都关心。能看得出来，谢觉哉是从人民中来，到人民中去。

谢觉哉对待革命工作光明磊落，非常勤奋。晚年，他曾写有一首诗：“行经万里身犹健，历尽千艰胆未寒。可有尘瑕须拂拭，敞开心肺给人看。”谢觉哉这首诗，表明了他敞亮的心态：我就这样一个人，一辈子坦坦荡荡。

曾经有一篇文章说，谢觉哉常捏“三把汗”。首先，为“身在群众心却不在”捏一把汗。1955 年 6 月，谢觉哉担任内务部长期间，国家还比较贫困，很多地方出现了灾荒，谢觉哉就经常到困难群众家走访。一次，他不要当地干部陪同，悄悄走进一户农家。这户农家大小七口人，正围在一起吃饭，见来人不像当地干部，急忙将正吃的饭藏了起来，不让来人看到他们吃什么。主人是一位老大娘，谢觉哉拉住她的手风趣地说：“我还没有吃饭呢，让我在你家吃顿饭吧。”老大娘推脱饭不多，要为他另做，谢觉哉说：“不用不用，你就把刚刚的饭端上来，我就吃一点。”老大娘只好给他盛了一碗。谢觉哉吃了几口，感到越吃越不是滋味，实在难以下咽。于是，他就问老大娘吃的是什么饭，老大娘说饭是用棉花籽和红苕面拌在一起做的。老大娘见谢觉哉真的吃下去了，情不自禁地哭了起来。谢觉哉安慰她说：“困难是暂时的，只要挺起腰，就能战胜困难。”回到驻地，谢觉哉就急忙开会，讨论怎么去帮助困难群众。

其次，为官僚主义作风捏一把汗。从谢觉哉给家人的书信中可以看出，实际生活中的谢觉哉对官僚主义深恶痛绝。他曾经说：“官僚主义如果任其漫延，我们共产党人就会失去一分威信。”所以，他在担任内务部长期间，要求部长、副部长、司局长要亲自接待人民群众的来信来访。一次，一位老人来访，话还没有说就伤心地哭了。谢觉哉一边劝慰，一边给这位老人倒水，请他歇一会儿再讲。老人非常感动，拉着谢觉哉的手说道：“您这位老同志真好啊！一时解决不了问题，我心里也舒服啊！”

最后，为判错案件捏一把汗。谢觉哉是人民司法制度的奠基者，1959 年当选为最高人民法院院长。他最怕的就是冤假错案。有一年，一个死刑案件没有经复核便执行了，谢觉哉知道后非常愤怒，要求所有的死刑案件必须经核准后才可执行。后来，各地法院出现了电报报案的情况，针对这一问题谢觉哉要求：最高人民法院一定要看案卷；院长、副院长等领导干部每年要亲自办几个案件。他曾经说过："杀人一定要慎重，一个人只有一个脑袋，杀掉就不能再安上，我们一定要对人民负责。"谢觉哉在工作中就是这样一位光明磊落、时刻把人民群众记在心中的好干部、好领导。

谢觉哉是一位好领导，也是一位好父亲。他的子女回忆说："家对我父母来说，是一个大家。虽然我们与父亲聚少离多，但父母以身作则的教育却让我们受益终身，并影响到我们的下一代。"

谢觉哉家书，为我们再次树立了道德传家的典范。

您所牵挂的这片土地也变得富饶美丽

——焦裕禄女儿写给离世父亲的家书

（2013 年）

焦裕禄

焦裕禄，山东淄博人，革命烈士，干部楷模。1946 年加入中国共产党，1962 年被调往河南省兰考县任县委书记。1964 年 5 月 14 日，焦裕禄被肝癌夺去了生命，年仅 42 岁。在兰考任县委书记时，焦裕禄所表现出来的“亲民爱民、艰苦奋斗、科学求实、迎难而上、无私奉献”的精神，被后人称为“焦裕禄精神”。

1990 年 1 月 1 日，影片《焦裕禄》上映，讲述了焦裕禄同志在兰考工作期间，以坚强的毅力、炽热的情怀，带领全县干部群众治理“三害”，战天斗地、撼人心魄的故事，无数人为他流下了感动的热泪。

【读家书】

读信人：白永宏

白永宏，山西广播电视台节目主持人、山西网络广播电视台副总编、山西电视艺术家协会主持人专业委员会副主任、山西电影家协会朗诵艺术学会会长。

扫码听家书

焦裕禄同志是中国共产党的好干部、人民的好公仆，他离开我们已经有 50 多个年头了。半个多世纪以来，人们对他的思念一直没有停息。焦裕禄的女儿焦守云曾写下一封特殊的家书，向远在天堂的父亲倾诉无尽的思念之情。

家书原文：

亲爱的父亲：

您知道吗？如今的焦家已经四世同堂，是一个 27 人的大家庭，这个家庭温暖幸福。这么多年，您的儿女们是多么地想念您啊！

您去世后，我们过了一个又一个没有鞭炮没有欢笑的春节。我们最怕过春节、也最怕过清明节。那几年，每年的除夕夜，母亲都是流着泪包一整夜的饺子。大年初一给我们下完饺子后，她却不吃不喝地躺上一整天。我们心里清楚，母亲是在想念您啊！每到清明节，母亲手把着我们的小手给您扫墓，她有几次哭得昏倒在您的墓前，不得不让人搀着回家，那情景让每一个人都心痛。

您的六个孩子，如今最小的也人到中年了。过了不惑之年的我们，同样也是食人间烟火的普通人。像其他人一样，我们也面临着“票子”“房子”“孩子”等种种生活中的难题。家中一样有人下岗，有人待业。虽然也有人当上了“七品”县官，但大多数都在普通的工作岗位上踏踏实实地工作着。生活中的我们无论过得好与不好，我们都记住您的教诲，靠自己本事生活。我们姊妹 6 人都是共产党员，我们都可以无愧地对您说，我们都是您的好儿女。

到明年，就是您的 50 周年忌辰，这 50 年来，我们对您的追思常常泪湿衣衫。每每回想起童年记忆中的您，以及您和母亲之间的那种挚爱深情，总会在内心深处涌起一股浓浓的思念之情。

如果您活着，您也一定会对我们这个四世同堂的大家庭喜不自禁，酷爱唱歌的您一定会指挥我们一家人高唱《黄河大合唱》吧，我们也会把工作生活的事情常说给您听听。

如果您活着，您也会为党和国家对我们这个小家庭的关心而倍感欣慰。习近平主席2009年专门来兰考，参观了您生活、工作的地方，还与我们围坐在一起，亲切地询问着我们工作生活的点点滴滴。习主席说，见到我们很高兴、很亲切，就像见到自己家里人一样。

如果您活着，您一定不会离开兰考。您太爱兰考这片土地了，一草一木，一沟一壑您都用脚丈量过。现在您所牵挂的这片土地也变得富饶美丽，您爱兰考的乡亲，他们一定会像走亲戚一样来看您……

可是您走了，已经走了很久了。但我们知道您没有走远，没有走出兰考。或许您太累了，躺在兰考温暖而柔软的沙丘上歇息。白色的大理石棺柩没有隔断我们，我们还能清晰地看到您的影子。

我们想念您，亲爱的父亲！

女儿

【品初心】

拆信人：刘媛媛

刘媛媛，太原学院教授，山西省女作家协会副秘书长，研究方向为中国现当代文学。出版专著两部，发表论文多篇。

焦裕禄这个名字在当代中国人心中是非常熟悉的。许多人对焦裕禄的第一印象是在小学课本中，他带领兰考人民在沙丘上广种泡桐树，以改变兰考贫穷、落后的面貌。他身患肝癌，却依旧忍着剧痛坚持工作，被誉为“党的好干部”“人民的好公仆”。

焦裕禄是新中国成立后最突出、最具代表性、最能体现中国共产党领导干部风范的一个光辉形象。他身上所体现的精神，是新时代当好领导干部的精神典范。正如习近平总书记所说：“焦裕禄同志是县委书记的榜样，也是全党的榜样。”“无论过去、现在还是将来，都永远是亿万人民心中一座永不磨灭的丰碑，永远是鼓舞我们艰苦奋斗、执政为民的强大思想动力，永远是激励我们求真务实、开拓进取的宝贵精神财富，永远不会过时。”

出身贫苦，深知百姓疾苦

焦裕禄出身于贫苦农民家庭，青少年时代受尽苦难的煎熬，7 岁上学，学习刻苦认真、成绩优异，后因家乡遭遇灾荒，家庭贫困，11 岁时被迫退学，跟着乡亲们推独轮车运煤、卖煤。在暗无天日的旧社会，他饱尝了人间的苦难，和广大劳动人民一样起身反抗压迫。焦裕禄早期的生活历练，让他有了后来加入中国共产党，做一名好干部，并带领人民与天地做斗争的勇气。

1962 年 12 月，焦裕禄被调往兰考县任县委书记。他深知老百姓生活的不易，尤其是对于农村来说，治理土地、水害等是解决老百姓温饱问题的关键。于是，他在当了兰考县委书记以后，主要的工作就是整治“三害”——治水、治沙、治碱。

当时，兰考地理环境恶劣，常闹水灾，而且土地碱化、沙化严重。土地不能种庄稼，老百姓就没有饭吃，这是一个非常大的问题。尤其在那个年代，生产技术还不发达，中国的好多地方都是靠天吃饭，农业生产在当时，对国家来说，十分重要。所以，焦裕禄上任以后，就下定决心，花大力气来治理农业“三害”。只要土地能够改良，老百姓就能在土地上种庄稼，就有粮食吃。老百姓的生活需求有了保障，社会才能稳定。

在整治“三害”的过程中，焦裕禄身先士卒、以身作则，始终冲在前面，让那些想要放弃、觉得天灾无法抗争的人们改变了思想，树立起人定胜天的信念。在他的精神引领下，兰考人民抗灾自救，让兰考的面貌发生了翻天覆地的变化。

提出科学的治理方案

1962 年冬，焦裕禄同志怀着改变灾区面貌的雄心壮志，来到了兰考。展现在焦裕禄面前的兰考大地，是一幅严重的灾荒景象。横贯全境的两条黄河故道，是一眼望不到边的黄沙；片片内涝的洼窝里，结着青色的冰凌；白茫茫的盐碱地上，枯草在寒风中抖动。

焦裕禄任兰考县委书记之时，正值全国范围天灾肆虐，粮食大面积减产，而且当时中国和苏联关系破裂，国际大环境对中国十分不利。党中央号召全国人民勒紧裤腰带过苦日子，共渡难关。就在这样一个大的社会背景下，焦裕禄来到了兰考县。面对严酷的现实，他说：“感谢党把我派到最困难的地方，越是困难的地方，越能锻炼人。请组织上放心，不改变兰考的面貌，我决不离开这里。”

在治沙方面，焦裕禄经实地考察、分析，根据兰考当地的特点提出了以林促农、以农养林、农林相依、密切配合的方案，然后造林防沙、育草封沙、翻淤压沙三管齐下，改善生态环境。

焦裕禄和兰考人民治理流沙

在治水方面，由于兰考是坡洼地相连，河系紊乱，这就造成了有的地方旱，有的地方涝。焦裕禄在充分调查研究的基础上，实施了舍少救多、舍坏救好、充分协商、互为有利、上下游兼顾、不使水害搬家的政策；采用夏秋两季观察，冬春干燥治理，再观察再治理，观察治理相结合的方法。

在治理土地碱化方面，焦裕禄引进了耐旱、耐碱植物，例如泡桐树。泡桐树不畏盐碱，不畏风沙，很适合在沙区种植。最终，在焦裕禄和当地干部群众的共同努力下，当地20多万亩盐碱地变成了一块块良田。

焦裕禄在整治“三害”的过程中，处处起带头作用。风沙最大的时候，他带头去查风口，探流沙；大雨瓢泼的时候，他带头蹚着齐腰深的洪水察看流势；风雪铺天盖地的时候，他率领干部访贫问苦，登门为群众送救济粮款。他经常钻进农民的草庵、牛棚，同农民同吃同住同劳动。他把群众同自然灾害斗争的宝贵经验一点一滴地集中起来，成为全县人民的共同财富，成为战胜灾害的有力武器。

干部群众一条心

兰考是一个老灾区，当时整个县的大部分工作都放在了救灾上。县里有些干部被灾害压住了头，对改变兰考面貌缺乏信心。是依靠群众自力更生改变灾区面貌，还是两手向上依靠救济，面对这样的情况，焦裕禄想：“群众在灾难中两眼望着县委，县委挺不起腰杆，群众就不能充分发动起来。‘干部不领，水牛掉井’，要想改变兰考的面貌，必须首先改变县委的精神状态。”

除“三害”斗争开始以后，焦裕禄同志发现抗灾斗争发展不平衡，基层干部和群众的认识也不尽一致。焦裕禄认为，要从根本上治理“三害”，必须进一步发动群众，采取领导和群众相结合的办法，抓典型、树样板，打一场除“三害”的人民战争。

在任何时代，做任何事情，都不可能众口一词，但是一个领导干部，能一心为公，为大家着想，最终会获得大家的理解和支持。心齐泰山移，只要万众一心，就能创造奇迹。兰考生态环境的改变靠的就是领导干部和广大人民群众一条心。

在女儿焦守云心中，焦裕禄懂浪漫、会生活，会拉二胡，爱打篮球，是篮球场上的灵魂人物。这说明，焦裕禄并不是一个只会工作，不会生活的人。他应该是一个非常有生活情趣，也懂得生活的人，个人魅力很高。这也是他能团结广大干部群众心往一处想、劲往一处使的一个重要原因。

始终保持劳动人民的本色

从女儿焦守云的这一封书信中，我们能够感受到共产党人不变的初心和使命。正因为他们有坚持对祖国和人民负责的态度，在面对困难时，才能不低头、不屈服，才能创造出人间奇迹。

焦裕禄同志说：“新干部不参加劳动，就不能明确树立阶级观点、群众观点；老干部长期不参加劳动，思想就要起变化，要变颜色。”他身体力行，无论工作多忙，总是坚持参加集体生产劳动，始终保持劳动人民的本色。

焦裕禄长期被病痛折磨，家里人口又多，生活比较困难，可是他坚决拒绝给他救济。他说：“兰考是个重灾县，人民的生产、生活都很困难，我们应该首先想到他们。要把这些钱用到改变兰考面貌的伟大事业上去，用到改善兰考人民的生活上去。”焦裕禄同志就是这样始终保持着劳动人民的本色，心里装着全体人民，唯独没有他自己。

党的好干部，人民的好公仆

1964 年 5 月 14 日，焦裕禄同志的心脏停止了跳动。一位普通的领导干部，一个优秀的共产党员、县委书记的榜样、人民群众的贴心人，走完了他为人民服务的光辉灿烂的一生，终年 42 岁。焦裕禄同志逝世后，人们在他的日记本上看到了这样一段话：

我想，作为一个革命战士，就要像松柏一样，无论在烈日炎炎的夏天，还是在冰天雪飘的严冬，永不凋谢，永不变色；还要像杨柳一样，栽在哪里活在哪里，根深叶茂，茁壮旺盛；要像泡桐那样，抓紧时间，迅速成长，尽快地为人民贡献出自己的力量。

焦裕禄同志不愧为党的好干部，不愧为人民的好儿子，不愧为县委书记的好榜样，不愧为人民群众的贴心人。他的一生是革命的一生、战斗的一生、光辉的一生。他没有死，他永远活在祖国人民的心中。

图书在版编目（CIP）数据

红色家书 ：共产党员的初心 /《红色家书·记忆》节目组编. — 太原 ：山西教育出版社，2019. 12（2021. 5 重印）
ISBN 978 -7 -5703 -0642 -8

Ⅰ. ①红… Ⅱ. ①红… Ⅲ. ①革命烈士—书信集—中国 Ⅳ. ①I266

中国版本图书馆 CIP 数据核字（2019）第 215049 号

红色家书——共产党员的初心
HONGSE JIASHU------GONGCHANDANGYUAN DE CHUXIN

出 版 人 雷俊林
出版统筹 潘 峰
责任编辑 韩德平 徐 琼
特邀编辑 许亚星
复 审 冉红平
终 审 彭琼梅
装帧设计 解 芳
印装监制 蔡 洁

出版发行 山西出版传媒集团·山西教育出版社
（太原市水西门街馒头巷 7 号 电话：0351 -4729801 邮编：030002）
印 装 山西新华印业有限公司
开 本 890 mm×1240 mm 1/32
印 张 6. 5
字 数 156 千字
版 次 2020 年 1 月第 1 版 2021 年 5 月山西第 5 次印刷
书 号 ISBN 978 -7 -5703 -0642 -8
印 数 15 001—30 000 册
定 价 28. 00 元